遥远的温泉

阿来著 何水法圖

EX-LIBRIS

晓来露华凝雪 / 2014年 / 130cm×66cm

遥远的温泉

精典名家小说文库　谢有顺　主编

阿来

著

作家出版社

图书在版编目（CIP）数据

遥远的温泉 / 阿来著 .-- 北京：作家出版社，
2017.7

（精典名家小说文库）

ISBN 978-7-5063-9606-6

Ⅰ.① 遥… Ⅱ.① 阿… Ⅲ.① 中篇小说 – 中国 – 当代
Ⅳ.① I247.5

中国版本图书馆 CIP 数据核字（2017）第 175642 号

遥远的温泉

作　　者：阿　来

责任编辑：丁文梅

装帧设计：精典博维·肖　杰

责任印制：李卫东　李大庆

出版发行：作家出版社

社　　址：北京农展馆南里 10 号　　邮　　编：100125

电话传真：86-10-65930756（出版发行部）

　　　　　86-10-65004079（总编室）

　　　　　86-10-65015116（邮购部）

E-mail:zuojia@zuojia.net.cn

http://www.haozuojia.com （作家在线）

印　　刷：北京中科印刷有限公司

成品尺寸：125×185

字　　数：72 千字

印　　张：5.5

版　　次：2017 年 9 月第 1 版

印　　次：2017 年 9 月第 1 次印刷

ISBN　978-7-5063-9606-6

定　　价：39.00 元

目录

遥远的温泉

上　篇

我们寨子附近没有温泉，只有热泉。

热泉的热，春夏时节看不出来。只有到了冬天，在寨子北面那条十多公里纵深的山沟里，当你踏雪走到了足够近的距离，才会看见在常绿的冷杉和杜鹃与落叶的野樱桃和桦树混生林间升起一片氤氲的雾气。雾气离开泉眼不久，便被迅速冻结，失去了继续升腾的力量，变成枯黄草木上细细的冰晶。那便是不冻的热泉在散发着热力。试试水温，冰冷的手会感到一点点的温暖，在手指间微微有些粘滑，水不能饮用，因为太重的盐分与浓重的硫黄味。盐、硫黄，或者还有其他一些来自地心深处的矿物，在泉眼四周的泥沼上沉淀出大片铁锈般红黄相间的沉积物。

冬天，除了猎人偶尔在那里歇脚，不会有人专门去看那眼叫卓尼的热泉。

夏天，牛群上了高山草场。小学校放了暑假，我们这些孩子便上山，整天跟在牛群后面，怕它们走失在草场周围茂盛的丛林里。嗜盐的牛特别喜欢喝卓尼泉中含盐的水，啃饱了青草便奔向那些热泉。大人不反对牛多少喝一点这种盐水。但大人又告诫说，如果喝得太多，牛就会腹胀如鼓，吃不下其他东西，饥饿而死。所以，整个夏天，我们随时要奔到热泉边把那些对盐泉水缺乏自控能力的牛从泉眼边赶开。如今，我的声带已经发不出当年那种带着威胁性的长声吆喝了，就像再也唱不出牧歌中那些逶迤的颤音一样。当年，沉默的我经常独自歌唱，当唱到牧歌那长长的颤动的尾音时，我的声带在喉咙深处像蜂鸟翅膀一样颤动着，声音越过高山草场上那些小叶杜鹃与伏地柏构成的点点灌丛，目光也随着这声音无限延展，越过宽阔的牧场，高耸的山崖，最后终止在目光被晶莹夺目的雪峰阻断的地方。

是的，那是我在渴望远方。

远方没有具体的目标，而只是两个大致的方向。梭磨河在群山之间闪闪发光奔流而去，渐渐浩大，那是东南的远方。西北方向，那些参差雪峰的背后，是宽广的松潘草原。

夏天，树荫自上而下地笼罩，苔藓从屁股下的岩石一直蔓生到杉树粗大的躯干，布谷鸟在什么地方悠长鸣叫。情形就是这样，我独坐在那里，把双脚浸进水里，这时的热泉水反而带着一丝丝的凉意。泉水涌出时，一串串气泡迸散，使一切显得异样的硫黄味便弥漫在四周。有时，温顺的鹿和气势逼人的野牛也会来饮用盐泉。鹿很警惕，竖着耳朵一惊一乍。横蛮的野牛却目中无人，它们喝饱了水，便躺卧在锈红色的泥沼中打滚，给全身涂上一层斑驳的泥浆。那些癞了皮的难看的病牛，几天过后，身上的泥浆风干脱落后，便通体焕然一新，皮上长出柔顺的新毛，阳光落在上面，又是水般漾动的光芒了。

牧马人贡波斯甲说："泥浆能杀死牛马身上的小虫子。"

贡波斯甲还说："那泥浆有治病的功效。"

贡波斯甲独自牧着村里的一小群马。他的马也会来饮盐泉。通常，我们要在这个时候才能在盐泉边上碰见他。

他老说这句话，接着，孩子们就哄笑起来，问："那你为什么不来治治你的病？"

贡波斯甲脸上有一大块一大块的皮肤泛着惨白的颜色，随时都有一些碎屑像死去的桦树皮从活着的躯干上飘落一样，从他脸上飘落下来。大人们告诫说，与他一起时，要永远处在上风的方位，不然，那些碎屑落到身上，你的脸也会变成那个样子。一个人的脸变成那种样子是十分可怕的。那样的话，你就必须永远一个人住在山上的牧场，不能回到寨子里，回到人群中来。也没有女人相伴。

而我恰恰认为，这是最好的两件事情：没有女人和一个人住在山上。

住进寨子的工作组把人分成了不同的等级，让他们加深对彼此的仇恨。女人和男人住在一起，生出一个又一个的孩子，这些孩子便会来过这半饥半饱的日子。我就是那样出生长大的孩子中的一个。

所以，有一段时间，我特别想和贡波斯甲一样，没有女人并一个人住在山上。

我的舅母患很厉害的哮喘，六十多岁了，她的侄女格桑曲珍，我好些表姐中的一个，是寨子里歌声最美的姑娘，工作组说要推荐她到自治州文工团当歌唱演员，不知怎么她却当上了村里的民兵排长。她经常用她好听的嗓子对着舅母的房子喊话。她喊话之后，那座本已失去活力的房子就像死去了两次一样。喊话往往是人们集体劳动从地里归来的时候，淡淡的炊烟从一家家石头寨子里冒出来，这一天，舅母家的房顶便不会冒出加深山间暮色的温暖炊烟。舅母从石头房子里走出来，脸也像一块僵死的石头。她从自家的柴垛上抽出一些木柴，背到寨子中央的小广场上，这时，天空由蓝变灰，一颗颗星星渐渐闪亮，夜色降临远离世界的深山，舅母用背去的木柴生起一大堆火。人们聚集在寨子中央的小广场上，熊熊火光给众人的脸涂抹上那个时代崇尚的绯红颜色。舅母退到火光暗淡的一隅。火把最靠近火堆的人的影子放大了投射出去，遮蔽了别人应得的光线与温暖。我们族人中一些曾经很谦和很隐忍的人，突然嗓音洪亮，把舅母聚集家庭财富时的悭吝放大成不可饶恕的罪恶，把她偶尔的施舍变成蓄意的阴谋。

最近的阴谋之一是给过独自住在山上的花脸贡波斯甲一小袋盐，和一点熬过又晒干的茶叶。

这个传递任务是由我和贤巴完成的。后来，贡波斯甲的表弟的儿子贤巴又将这个消息泄露给了工作组。总把一件军大衣披在身上的工作组长重重一掌拍在中农儿子贤巴的瘦肩膀上说："你将来能当上解放军！"被那一掌拍坐在地上的贤巴赶紧站起来，激动得满脸通红不知所措。结果，当天晚上，寨子里又响起来了表姐的好嗓门，舅母又在广场上升起一堆火，大家又聚集起来。又是那些被火光放大了身影的人，奇怪地提高了他们的声音。那些年头，大家都不是吃得很饱，却又声音洪亮，这让人很费猜量。

我看着天空猜想，云飘过来，遮住了月亮。天上有很大的风，镶着亮边的乌云疾速流动，嗖嗖作响。

第二天，贤巴的半边脸便高高肿胀起来，有人说是他父亲打的，有人说是花脸贡波斯甲打的，甚至有人说，那一巴掌是我那一年就花白了头发的舅母打的。从此，我与贤巴就不再是朋友了。有人在我们之间种下仇恨了，这仇恨直到他穿上了军装回到寨子给男人们散发香烟，给女人们分发糖果时也没有消散。我是说，那时，他已经不恨我了，但我仍然恨他。

从此以后，我才在放牛的时候和贡波斯甲说话。他坐在泉水一边，低一点的地方，让我坐在泉水另一边，高一点的地方，他告诉我一些寨子里以前的事情。经他嘴讲出来的故事，没有斗争会上揭发出来的那么罪恶。他好像也没有仇恨，连讲起自己得病后跟人私奔了的妻子时，他那花脸甚至浅浅地浮现出一些笑意。

但他一看到侄儿贤巴，脸上新掉了皮的部分便显得特别鲜红，但他从来不说什么，只是不看他，而别过脸去望那些终年积雪的山峰。

他也问我一些寨子里的事情。这时，牛们使劲甩动尾巴，抽打叮在身上的牛虻。我告诉他，我想像他一样，一个人住在山上。他脸上露出痛苦而怜惜的表情，伸手做出一个爱抚的动作，虽然他的手伸向虚空，但是隔着泉眼，我还是感到一种从头顶灌注到脚底的热量。

我不敢抬起头来，却听见他说："但是，你不想有跟我一样的花脸。"

我更不敢抬头应声了。

突然，他说："其实，只要让我去一次温泉，在那里洗一洗身子，洗一洗脸，回来时，就光光鲜鲜地不用一个人住在山上了。"

这是我第一次听人说起温泉。

他告诉我，温泉就是比这更烫的泉水，跟这水一样的味道，但里面没有盐。他说，温泉能治很多的病症，最厉害的一手就是把不光鲜的皮肤弄得光鲜。双泉眼的温泉能治好眼病与偏头痛，更大的泉眼疗效就更加广泛了，从风湿症到结核，甚至能使"不干净的女人干净"。

我不知道女人不干净的确切含意，但我开始神往温泉。于是，那眼叫做措娜的温泉成了我有关远方的第一个确切的目标。我想去看一眼真正的温泉，遥远的温泉，神妙的温泉。我不爱也不想说话，父母又希望我在人群中间能够随意说话，大声说话。我想，温泉也是能治好这种毛病的吧。

我问花脸温泉在什么地方。他指指西边那一列参差着的雪峰，雪峰间错落出一个个垭口。公路从寨子边经过，在山腰上来来回回地盘旋，一辆解放牌卡车要嗡嗡地响上两三个钟头，才能穿过垭口。汽车从东边新建中的县城来，到西边宽广的草原上去。村里的孩子既没有去过东边，也没有去过西边。除了寨子里几个干部，大人们也什么地方都不去。以至于我们认为，人是不需要去什么太远的地方的。但是，贡波斯甲告诉我，过去，人们是常常四处漫游的。去拜圣山，去朝佛，去做生意，去寻找好马快枪，去奔赴爱情或了结仇恨。还有，翻过雪山，骑上好马，带上美食，去洗那差不多包治百病的温泉。

"但是，如今人像庄稼一样给栽在地里了。"花脸贡波斯甲叹了一口气，无奈地说。

回到山下，我去看种在地里的庄稼。

豌豆正在开花，蜜蜂在花间嗡嗡歌唱。大片麦子正在抽穗，在阳光下散发着沉闷的芬芳。看来，地里的庄稼真是不想什么远方，只是一个劲地成长。一阵轻风吹来，麦子发出絮絮的细语。我却不能像庄稼一样，站在一个地方，什么都不想。

有一天我受好奇心驱使，爬到了雪山垭口，往东张望，能看到几十里外，一条河流闪闪发光，公路顺着河谷忽高忽低地蜿蜒。影影绰绰地，我看到了县城，一个由一大群房子构成的像梦境一样模糊的巨大轮廓。转身向西，看到宽广的草原，草原上鼓涌着很多姑娘胸脯一样浑圆的小丘。那就是很切近的遥远。用一个少年的双脚去丈量这些目力所及的距离，不能用一个白昼的时间抵达的地点，就是我那时的遥远。而且，有一眼叫做措娜的温泉就在草原深处的某个地方。

我从雪山下来，贡波斯甲问我："看到了吗？"

我说看到了草原。比我们山脊上的草场更宽更大罢了，上面有闪闪发光的河流与湖泊罢了。

贡波斯甲这个自卑的人，第一次对我露出了不屑的表情："我是说你看到温泉了吗？"

我摇头。

贡波斯甲说："啧，啧啧，就在那座岩石铁红的小山下面嘛。"

我没有看见那座小山。那一天，我觉得他脸上一直隐现出一种骄傲的神情。但我安坐在热泉边上，突然觉得自己永远也去不了那样的地方，永远也想象不出一座铁红色的山峰是个什么样子。三只野黄羊从热泉里饮了水走开了，我觉得自己就像这些什么都不知道的野羊一样。

贡波斯甲说："那个时候去温泉嘛，糟老头子是去医病，年轻娃娃是去看世界，去懂得女人。"

晚上，山风呼呼地吹过牧场的帐篷顶，我想，女人，是好嗓门的表姐那样的女人，还是舅母那样苦命的女人？我睡不着，披着当被子的羊毛毯子走出帐房，坐在满天的星星下，坐在雪山的剪影前。看见远远的山谷那边，一团灯火，那就是贡波斯甲孤独的家。打从他花了脸，走了女人，他就成了寨子里的牧马人。其实，那个时候马已经没有什么用处了。老人们说，打从一个又一个工作组来了又走，走了又来，人就像上了脚绊的马，给永远限制在一个地方了。他们只能常常在老歌里畅游四方。歌里唱的那些人，有的畅游之后回来了，有的就永远消失在遥远的地方。从我懂事起，人们就老说着从来不见人去的温泉。温泉就在雪山那边的草原上，那是过去的概念。现在的说法是，雪山这边是一个县的某某公社某某大队某某生产队。草原上的温泉又是另一个县的某某公社某某大队某某生产队。牧场也划出了边界。我们的牛群永远不能去到垭口那边的草原。而在过去的夏天，人们可以赶着牛群，越过垭口，一天挪移一次帐房，十多天时间便到了温泉的边上。温泉就是上百里大地上人群的一个汇集，一个庞大的集市，一次盛大的舞会，和满池子裸浴的男女。

一个特别醉心于过去男人们浪游故事的年轻人酒醉后说了一句话。结果，只好自己在寨子里的小广场上生起熊熊大火，然后，垂着头退后，把脸藏在火光开始暗淡的地方。情形就是这样。生起火堆的人不该照到灼人的火光。

但他那句话还是成了一句名言，他说："他妈的生产队就像个牛圈。"

没人知道这句名言算不算真理，但过去驮着男人们走向四方的马，现在却由花脸照看着，因为什么事都不用干，长得体肥膘满。偶尔使用一下，也是给套上马车，把工作组送回县城或接进寨子里来。再就是拉着马车，把有资格开各种会的人送到公社去开会。马车也载回来一个小学教师，从此，我们识了字。马车也从公社供销社拉回来棉布、盐、茶叶、搪瓷盆子和碗和姑娘们喜欢的方格头巾与肥皂。有了这一切，还有什么必要在马背上忍受长路的艰辛呢？

我们的老师说："安居乐业是社会进步的标志。"

道理堂堂正正，远方的欲望却是鬼鬼祟祟的。

又一个工作组走了。会跳朝鲜舞的工作组长没有把表姐送进文工团，而且因为睡了我的表姐，自己也犯下了错误。错误的名字有两个，一个叫"生活作风不好"，一个叫"影响民族团结"。表姐的错误只有一个，"腐蚀革命干部"。民兵排长是当不成了，再见到她时，舅母便敢于往两人之间的地上唾上一口。表姐的父亲看见了，生气地说："不就是跟个男人睡了觉吗？你年轻的时候也跟好些男人睡过。"

人们都说世道变了。

当然，大家觉得这世道变得也太快了一点。这些都是我坐在牧场的帐房外面，背后的天空缀满了冰凉的星星那个夜晚所想到的事情。

我看着花脸住处孤独的灯光，觉得我心里有个地方也像那有比没有还要糟糕的灯火一样。表姐就睡在帐篷里，重新成为牧场上的挤奶女。一般而言，每一群牛后面，会跟着一顶帐房。因为寨子与青稞地在山下的河谷里，而牧场在山上，在漫山的森林开始消失的地方。一顶帐房里有一个男人，背着猎枪，白天巡行牧场，驱逐豺狼。晚上则和几个挤奶女住在一顶帐篷里，这样，其中一个很容易成为他的情人。我这样的孩子，只是在很短暂的假期来看守盐泉。差不多每天夜晚，我都会听到他们弄出些奇怪的响动。今天晚上也是一样。风很劲，夜很冷。我坐在外面的星空下，却突然想起了温泉：集市、舞会、赤身裸体的男女。我笑了。而风更劲了，夜更冷了。我披着毯子回到帐篷。这回却发现是表姐的羊毛毯子下发出奇怪的声音。别人只是低声地哼哼，而她真是好嗓门，好像是在欢快地歌唱。后来，那个好枪法的男人回到了自己的毯子底下叹息不止。另两个挤奶女发出斑鸠咕咕低鸣那种笑声。这个男人我要叫他表哥，但我不知道为什么要这么叫他。另两个女人一个我要叫她婶子，一个也要叫表姐，我也不知道为什么要这么叫她们。但寨子里所有人好像都是亲戚。即或彼此在旧怨中又添上了那么多强烈的新恨，也要彼此以亲戚的名目相称。但我知道，眼下这个被男人压迫着欢叫过后，又开始低声啜泣的女人是我真正的表姐，就像舅母是我真正的舅母一样。

表姐啜泣得有些抑制不住时，那个我要叫他表哥的男人打起了响亮的呼噜。而那两个女人依然咕咕地笑个不止。我突然为之心痛，走过去，手脚无措地站在表姐身边。她突然一把把我拉进了她的毯子。只是一瞬间，一个女人身体的全部奇异都被我感觉到了。这时，表姐开始放声大哭。她一边哭，一面亲吻我，说："弟弟，弟弟。"结果把鼻涕眼泪蹭了我一脸。这时，那男人醒来了，走过来把我从表姐怀中拉了出来。我想不到表姐在快乐放纵后如此悲伤的更远的原因，只能把一切都归结于这个男人，这个我不知道为什么要叫他表哥的男人身上。他更不该有些炫耀地拿出了村里只有两三个人才有的手电筒，先把强烈的光柱照在姐姐身上，然后，又照在了我的脸上。于是，我的双眼给晃得什么都看不见了。于是，平时心里所有的积郁都变成了愤怒，从心中冲上头顶。愤怒与仇恨在我脑袋中嗡嗡作响。这个嗡嗡作响的脑袋疯狂地顶了出去，撞在那个男人的肚子上，我听见了与牛蹄子踩进泥沼类似的声响。然后，男人哼了一声，猝不及防地身子向后仰去，倒向了身后的火塘。一声响亮，架在铁三脚架上的铜锅里的开水，浇到了余火里，浇到了那个男人身上某个地方，连我的脚背上也溅上了一点。两个咕咕笑的女人惊叫起来："他疯了！他疯了吗？"表姐哈哈大笑，而那个男人却一边恶毒咒骂一边忍不住发出痛苦软弱的呻吟："杂种！哎哟，我的屁股，我要杀……该死，我站不起来了，哎哟！"

听着这些声音，特别是表姐的笑声，我脑袋里那些止不住的嗡嗡声停息了，我也想放声大笑。有人点燃了马灯。看臭男人的光屁股一半还坐在翻倒在地的锅沿上，一半坐在火塘里烫人的灰烬里，一脸痛苦的表情，我便把胸膛中涌动的笑声释放出来了。

想不到，刚才还在大笑的姐姐，跳到我面前，嚷道："你这狗东西，闭嘴吧，还笑得出来！"她一脸愤怒确乎是冲着我来的，而且，衣襟下面没有掩住的一对乳房也蹦跳着，像被铁链拴住却想窜出去咬人的狗。

我冲出了帐房，毫无目标地奔跑在夜半时分的高山牧场上。草抽打着，纠缠着我的双脚，冰凉甜蜜的露水飞溅到脸上、手上。有生以来，我第一次感到了自由的舒畅与快乐。这不是逃跑，而是第一次冲出了世界上那些声音的包围：斗争会上那些突然爆发出来的仇恨的声音，家里人因为贫贱而互相怨怼的声音，表姐那突然叫我懂得了、又让我突然不懂的哭笑与斥骂。我继续奔跑，把身后表姐惊慌地呼喊我的声音远远地抛到身后，再也听不见了。跑过一个山坳，身后帐篷里的灯光不见了。我才放慢了脚步。夜露一颗颗沉沉地砸在我的脚背上。我穿过山谷，来到了花脸那小窝棚跟前。窝棚里灯火已经灭了，我听到如雷的鼾声，从屋后的马圈里传来马匹浓重的腥膻气息。我在花脸门前一根大木头上坐下来，看着明亮的启明星越升越高，只裹着一条羊毛毯子的光身子越来越冰凉，被开水烫伤的脚背也隐隐作痛。但我不好意思敲门，我觉得自己是一个男人了，一个男人便应该忍受着痛苦一声不吭。

是忍不住的咳嗽声把贡波斯甲给惊醒了。

我听到他摸索着点亮马灯，咿呀一声打开柳条编成的柴门。于是，温暖的灯光笼罩在我身上，也让我看见了他关切的脸。他看着哆嗦不止的我，真的只是关切，而没有吃惊。他望望我所来的那个有着男欢女爱的帐篷的方向，一脸什么都懂的表情，从门那里闪开身子，把我让进了屋里。他一句话也没有说，便把我裹在一条更厚更大的羊毛毯子里，又往我口里灌进几口烧酒，然后，我便睡着了。醒来的时候，已经是满屋子金黄的阳光。火塘边一把擦得锃亮的铜壶中茶水翻沸有声，柳条编成的篱墙边一具马鞍上棕色的皮革发出铜器一样的光芒。这种景象对我而言，那种静谧中的诗意就像天堂。既然是天堂，我就要躺在那里一动不动，没有地老，也没有天荒。天堂里充满了干燥的木头特别的芬芳。这时，随着木门轻轻地咿呀一声，一片更强烈的阳光照进了这小小的屋子，晃得我睁不开眼睛。接着，对这又窄又低的木门来说，一个相当高大的身影遮挡住了光芒。我想，他就是天堂的主人，但我看不清他背着强光的脸。于是，我索性闭上眼睛。现在，我知道他就是花脸，也记起了昨天晚上那些事情。但我不愿睁开眼睛，仍然希望他就是天堂的主人。他走到我跟前来，嘴里哼哼了一句什么，又走开去，坐在了火塘对面，我悄悄睁开眼睛，看他给自己倒上满满一碗茶。他端起碗，在把脸埋进碗里前，他说："醒了就起来吧。"

我只好起来。叠好羊毛毯子，出去在山泉边上洗了一把脸，回来坐在火塘边上与他面对着面。他让我自己弄些吃的。我这才感到了自己的胃已经是一只空空的口袋了。同时，脑子也隐隐作痛。他指指我背后的一只矮柜。那里头的碗啊盘的，都是给客人备下的，今天我来第一次使用了。我弄干净了碗筷，开始吃东西的时候，他又拿过那具已经擦得锃亮的马鞍，用一大块紫红色绒布擦拭起来。擦过鞍桥上的皮子，又擦悬垂在两边的马镫，最后是银光闪闪的铁嚼口。他的眼睛里也有明亮的光芒在闪烁。他如此专注于手上的活路，好像我根本不存在一样。我咳了两声，他也没有理会我。这与在热泉边上时的情形恰好相反。在那里，这个鬼影子似的存在着的人物，总是带着一点讨好的笑容，打听一点山下的事情。

现在，这个人因了这座小木房子，因了这副漂亮的马具，显得真实起来。我又咳了两声。他才停住了手，从马具上抬起眼睛。他的眼睛在问我：漂亮吗？

我轻声说："漂亮"。好像要是我说得大声一点，这些漂亮就不存在了。

他拍拍马鞍，"是的，漂亮，以前，我跟这个好伙计去过多少地方啊！要是再不走，我，和那些马都要老死在这片山谷里了。然后，这副鞍子会跟这房子一起腐烂。趁我和马都还走得动，我真的要走了。"

"你要走？"

他点点头，轻轻地放下马鞍，就像一位母亲放下自己熟睡的孩子。来到门口，和我一起望着远方。

我说："你想去温泉？"

他说："你不想，是因为你不知道温泉的好。"

"温泉真能治好你的病？"

"病？我去温泉的时候没有病。那时我是一个精精神神的小伙子，天哪，我在那里看见了多少漂亮的女人。那么多漂亮的女人出现在草原上，就像温泉四周一夜之间便开满了鲜花。当然，我现在是要去治这该死的病。温泉水一洗，从里到外，人就干干净净了。"

走出那间属于他的屋子，我在心理上就有了一点优势，听着他这些梦一样的话，差点没有笑出声来，据我有限的知识，人的里面是很肮脏的，不管是吐出来的还是拉出来的，都散发着难闻的臭味。

于是，我便拿这话难他。

他伸出手来，想拍拍我的脑袋，大概是我眼中流露出了某种光芒，伸到半途的手，又像被风吹断的树枝一样掉下去了。他叹了一口气，"孩子，难道你不懂得人有两种里边。"

我不懂得"两种里边"是什么意思，但我懂得了他话中深深的怜惜之意。这种语气有种让人想流一点眼泪的感觉。

于是，我站起身来，把目光投向更远的雪峰。然后，到就近的热泉边守候去了。

从另一个帐篷来的贤巴早已守候在那里了。看见我走近，他脸上露出了惊骇的表情，并且很敏捷地一跃便跳到盐泉的那一边去了。他像工作组长一样叉着腰站在上风头，脸上露出了居高临下的表情。他说："你跟花脸住在一起？"

我心里不平，但感觉自己已经低他一等。于是，嘴里便什么话也说不出来了。

他说："你表姐的裤带又不是第一次叫男人解下来，你还跑去跟花脸住在一起。"然后，他的嘴里就像面前不断咕咕地翻涌着气泡的盐泉一样，成串成串地吐出了一些平常从大人们口中才能吐出的肮脏的字眼。这些话和他突出的门牙使我的脑子里又响起了昨天晚上那种成群牛虻盘旋的嗡嗡声。这声音越来越大，越来越尖利，最后的结果是，一块石头从我手边飞了出去。用工作组演讲的方式说着大串脏话的贤巴捂着额头，像电影里中了子弹的军人一样摇晃着，就是不肯倒下，最后，他终于站稳了。血从他捂着额头的指缝中慢慢流出来。这回，他倒是用正常的声音说话了："你疯了？"

我说："你才是疯子。"

他叫起来："笨蛋，快帮我止住血。"这下，我才真正清醒过来。奔到林间一块草地上，采了一种叫刀口药的止血药，一边跑，一边在口里将这药草嚼烂，奔到他身边时，他已经像电影里的英雄一样，仰面躺在一株高大的杉树下了。伤口不大，才嚼了两口药，就完全盖住了。我撕下一绺腰带，把伤口给缠上。腰带本身就是浸透了血一样的紫红色。这下，他就更像是一个英雄了。他脸上露出坚定的笑容："行啊，你小子，跟我来这一

娇娆姱态自天姿 / 2015年 / 138 cm × 69 cm

金粉拂霓裳　/ 2015年　/ 180cm×96cm

手。"这才像是平常我们之间说话的口吻。他就像电影里受伤的解放军一样躺在树下，我刚替他包扎好伤口，他便翻身站起来，用恶毒的眼光看定了我："离我远一些，你已经脏了，你跟花脸在一起，你再也回不到寨子里来了。"

我的嘴巴因为嚼了药草，舌头麻木得像一块石头，什么也说不出来了。眼睁睁地看着他得意洋洋地下山去了。剩下我张大了嘴巴站在那里，好像是他打伤了我，而不是我打伤他。贤巴朝山坡下奔去，我知道自己就此失去了一位朋友。我的朋友不多，所以，仅仅失去一位便足以令我愤怒不已。我捡起一块石头，狠狠地往山坡下那个飞蹿的背影扔去。我的臂力还小，还是借助山的坡度，那石头在地上跳了好几跳，才软弱无力地滚动到他身边。他回过身来望了我一眼，我想，他的脸上一定浮出了讥讽的笑容，然后转身从容地走下山去。

　　这是2001年4月13日，一个星期五的早晨，我在东京新大谷酒店的房间里，看着初升的太阳慢慢镀亮这座异国的城市，看着窗下庭院里正开向衰败的樱花。此时此刻，本该写一些描写异国景物与人事的文字，但越是在异国，我越是要想起自己的少年时代。于是，早上六点，我便起床打开了电脑。一切就好像是昨天下午刚刚发生一样。高山牧场上杜鹃花四处开放，杜鹃鸟的鸣叫声悠长深远。风在草梢上滚动着，从山脊一气到谷底，波动的绿色上一片闪烁的银光，一直荡到脚前，盐泉里刺激的硫黄味灌满了鼻腔。

　　贤巴跑掉不一会儿，表姐来到盐泉边上，我以为她是来找我的。但她脸上露出了怨恨的表情，眼睛望着别处说："我自己来守着那些瘟牛，不要添乱的人来帮忙。"

　　我看她的样子非常可怜，想说点什么，但嘴巴麻木得什么都说不出来。只好像个傻子坐在那里一动不动。表姐肯定希望我说点什么。但那些药草把我的舌头给麻木了。终于，埋着头等待的表姐抬起头来，恶狠狠地瞪着我，"你怎么不说话，嗯？你那么厉害，怎么现在不说话了。"然后，表姐的泪水顺着面颊一串串流了下来，"都是你们，都是你们这些该死的亲戚把我毁了。"说到这里，她几乎是在大喊大叫了，"老天爷，你看看吧，看看我这些该死的倒霉亲戚把我的前途全给毁掉了！"

表姐好像疯了。

我从盐泉边逃开，回到贡波斯甲的窝棚里的时候，他坐在门前的木头台阶上用一块紫红的丝绒布擦拭鞍鞯。我看到他双眼里显出沉醉的光彩。他用那样的眼光看我一眼，立即，药草的魔法被解除了，我说："表姐说不要我回去了。"

"好啊，"他的眼睛再一次离开马鞍，落在我脸上，"好啊，那就跟我去温泉吧。"

"不是不准人随便到那么远的地方去吗？"

花脸没有回答，他把手指插进嘴里，打了一个响亮的唿哨，几匹马从山坡上跑来，站在了我们面前。它们喷着响鼻，机警的耳朵不断耸动，风轻轻掀起长长的鬃毛。贡波斯甲这时才低声说："我管不了那么多规矩，再不去温泉，我的病就治不好，这些马也要老了。"

他眼看着马，手抚着马鞍，一脸的伤感让我心口发热发紧。他声音更加伤感地又说了一遍："你看，再不去，这些马就要老了。"

我假装没有听见，便转脸去看那些熠熠闪光的雪山。突然，他的声音欢快起来，"咳，小子，想骑马吗？"

那还用说，长这么大，虽然生产队有一大群马就养在那里，我还不知道骑在马背上是种什么滋味呢！贡波斯甲一边给马上鞍子，一边说："好，或许我去温泉的时候，你这聪明的崽子也想跟着去呢，我们没钱坐汽车，不骑马可不成，再说，以前去温泉都是骑马去，再去也不能坏了规矩。"

然后，他把我扶上马背，刚刚把缰绳递到我手上，便声音洪亮地吼了一声。马便应声飞蹿而出了。我的身子向后猛然一仰，然后又往前一弹，同时嘴里发出了一声惊叫。我本能地用双脚紧勾住马镫，手上牢牢地握住缰绳。然后便是马蹄飞踏在柔软草地上的声音和耳边呼呼的风声了。眼前那些熟悉的景物，草地、杜鹃花和伏地柏丛、溪流、草地边高大的落叶松、比房子还要巨大的冰川碛石，这一切，都因为飞快的速度迎面扑来，从身旁掠过，落在了身后。一切都因为从未体验过的速度而陌生起来，新鲜起来。只有远处的雪山依然矗立在那里，巍然不动。马继续奔跑，我的身子渐渐松弛，听着马呼哧呼哧的喘息声，我的呼吸终于也和我的坐骑调和到一起。马要是再继续奔跑下去，我在马背上越发轻盈的身子便要腾空飞升起来了。升到比那些雪峰更高的天空中去了。骑手的后代第一次体会到了奔驰的快感。只要这奔驰永不停息，我便从这禁锢得令人窒息的生活中解脱出来了。

但花脸又是一声尖利的嗯哨，我的坐骑在草地上转了一个弯，差点把我斜抛了去了。但我用双腿紧紧夹住了马鞍。那种即将腾空的感觉让我快乐地大叫。然后，我又把身子紧伏在马背上，像一个老练的骑手听着风声灌满了双耳。最后，马猛地收腿站住时，我还是从马头前飞下来，重重地摔在了草地上。刚触地的那一刻，身体里面，从脑子到胸腔，都狠狠震荡了一下，我躺在那里，等震荡的感觉慢慢过去。花脸也不来管我，一边跟马咕唧着什么，一边卸他的宝贝鞍鞯。后来，一串脚步声响到我跟前，我还是躺在那里，眼望着天空。我心醉神迷地说："我要跟你一起翻过雪山。"

我闭上双眼，还是感觉到一个身影盖过来，遮蔽了阳光。我说："我要跟你一起骑马去温泉。"

然后，我听见了威严漠然的声音，"起来，跟我回家。"然后，我看见了父亲那张居高临下的脸。我站起来时，父亲有些怜爱地拍掉我身上的草屑，但他和寨子里别的人一样，不跟花脸说话，他拉着我走出一段，花脸还木然站在那里，我也频频回头。父亲脸上又一次显出一丝丝隐忍着的怜悯，说："那么，跟人家告个别吧。"

　　于是，我父亲站在远处，看着我又走回到花脸身边。

　　我走到了花脸跟前，却不知说什么才好，最后，还是花脸开口了。他开口的时候，脸上浮现出了拒人于千里之外的高傲的表情，"你永远也别想跟我去温泉，可是我，什么时候想去就去了。"

　　他这么一说，我想再说什么就让牙齿把舌头给压住了。我张了张嘴，声音快要冲出嘴巴时，又被咽回到肚子里，再次转身向父亲走去。花脸再一次在身后诅咒般地说:"你永远也去不了温泉。"是的,我真的看不出什么时候能去传说中的温泉,雪山那边相距遥远的温泉。也许贤巴真的能当上解放军,也许表姐也可以再次时来运转,新一任工作组长会让她当上自治州文工团的歌唱演员,但是,当我随着父亲走下山去,看到山谷里就像正在死去一样的寨子出现在眼前时,彻底的绝望充满了心间。

也许是我眼中的什么神情打动了父亲,他有些笨拙地伸出手来抚摸我的脑袋,但我缩缩颈子躲开了他的手。他的手徒然垂下时,伴随着一声低低的叹息。

关于那一年,我还记得什么呢?只记得那一年很快就是冬天了。中间的夏天与秋天都从记忆里消失了。这种消失不是消失,而是一切都无可记忆。这种记忆的终止是好几年的时间。寨子里的生活好像一天比一天轰轰烈烈,但我的心却一天天沉入了死寂的深渊。从小学三年级到我离开村子上中学,只有三件事情,使一些时间能从记忆中复活过来。

一个是第二年的秋天，表姐结婚了。她是生下了孩子后才和寨子里一个年轻人结婚的。表姐亲手散发那些糖果。到我跟前，表姐亲吻了我的面颊，并在我耳边说："弟弟，我爱你。"

旁边耳尖的人们便哄笑起来。问她："像爱你怀里的孩子还是男人？"

表姐说："就像爱我的亲生弟弟。"

舅母也上来亲吻她，说："孩子，你心里的鬼祟消除了。"

婚后不久，很久不唱歌的表姐又开始歌唱了。冬天太阳好的时候，妇女们聚集在广场中央，表姐拿出丰盈的乳房，奶她第二个孩子，奶完之后，大家要她歌唱，她便开口歌唱。以前的很多歌那时工作组都不准唱了。表姐唱的都是工作组教的毛主席语录歌，但给她一唱，汉字的词便含混不清，铿锵的调子也舒缓悠长，大家也都当成民歌来听了。

　　写到这里，我站起身来站在窗前吸一支香烟，窗外不是整个东京，我所见到的便是新大谷酒店一座林木森然的园子。黄昏就像降临一片森林一样，降临到这座园子四周的树木之上。有了阵风吹过，我的心，便像一株暮春里的樱花树一样，摇落飞坠着无数的花瓣。

　　一天表姐歌唱的时候，生产队的马车从公社回来。跟着穿旧军衣的工作组，一个穿着簇新军装的人从马车上跳下来。那是当上了解放军的贤巴。工作组对表姐的预言没有应验，但是，他们对贤巴的预言应验了。那个被工作组领着，因为穿了一身簇新衣服而有些拘谨，同时也十分神气的贤巴现在是一名解放军战士了。工作组马上下达命令，和舅母一样处境的几位老人又在广场上生起了熊熊的篝火，只是今天他们不必再瑟缩着站在火光难以照见的角落听候训示了。给他们的命令的是"不要乱说乱动，回去老老实实待在家里"。

然后，举行了欢庆大会。贤巴站在火堆前，胸前扎着一大朵纸做的红花。同样的一朵红花也挂在了贤巴家低矮的门楣上。然后，工作组长当众用他把标语写满了整个寨子的毛笔蘸饱了墨汁，举在手上，看着人把一张红纸贴上了贤巴家的木门，然后，刷刷几笔，"光荣军属"几个大字便重重地落在了纸上。

贤巴参军了。但寨子里的大多数人依然觉得他不是一个好孩子，说他喜欢躲在人群里，转身便把听到的任何一点点事情报告给工作组。所以，这天众人散去时，会场四周的残雪上多了许多口痰的印迹，好像那一天特别多的人感到嗓子眼发堵一样。但是，我们这些同龄人却十分羡慕他。他才比我大两岁，才十五岁就参军了。这意味着这个年轻人在这个新的时代有了最光明的前途，以后，他再也不用回到这个村子里来了，即便他不再当兵，也会穿着旧军装，腰里掖一把红绸裹着的手枪，去别的寨子的工作组。甚至当上最威风的工作组长。

很多老人都说我不是一个好孩子，因为我不跟人说话，特别是对长辈没有应有的礼貌。工作组的人也这么说我，他们希望寨子里写汉字最好的学生能跟他们更加亲近一些，但我不能。父亲悲戚地说："叫人一声叔叔就这么困难吗？"但我一站到他们面前，便感到嗓子发紧发干，没有一点办法。小学校一年一度选拔少先队员的工作又开始了。我把作业做得比平常更干净漂亮，我天天留下来和值日生扫地，我甚至从家里偷了一毛钱，交给了老师。但是老师好像一切都没有看见。我们都十三四岁了，小学也快毕业了，但我还是没有戴上红领巾。而每年一度的这个日子到来的时候，我的心里仍然充满了渴望。一天，老师终于注意到了我的渴望，他说："你能把作文写得最好，你就不能跟人好好说几句话吗？"他还教了我一大堆话，然后领着我去见工作组的人。路上，我几次想开溜，但是那种进步的渴望还是压倒了内心的怯懦。终于走进了工作组居住的那座石头寨子。工作组长正在看手下人下棋，把双手交叉抱在胸前，他还不时耸动一下肩膀，以防披在身上的外衣滑落。他的手下人每走一手棋，他便从鼻子里哼一声："臭！"

老师不断用眼睛示意我，叫我开口，但我找不到一个合适的机会。因为工作组长几次斜斜眼睛看我和老师时，我都觉得他的眼光并没有落在我身上，而是穿过我的身体，落在了背后的什么东西上。人家用这样的眼光看你，只能说明你是一道并不存在的鬼影。

我感到舌头开始发麻，手上和脚上那二十个指头也开始一起发麻。我知道，必须在这之前开口，否则我就什么都说不出来了，否则红领巾便永远只能在别人的胸前飘扬了。终于，我粘到一起的嘴唇被气息冲开，嘴里发出了一点含糊的声音，连我自己都没有听清。

工作组长一下便转过身子来了，他说："哟，石菩萨也要开金口了！"

我的嘴里又发出了一点含糊的声音，老天爷如果怜悯我的话，就不应该让我的舌头继续发麻。可老天爷把我给忘记了。不然的话，舌头上的麻木感便不会扩展到整个嘴巴。

工作组长的目光越过了我，看着老师说："你看这个孩子，求人的时候都不会笑一下。"

老师叫我来，是表达进步的愿望，而不是求他。虽然我心里知道这就是求他，不然我的舌头也不会发麻。但他这么一说，我就更加委屈了。眼睛里有滚烫的泪水涌上来，但我不愿意在他面前流出泪水，便仰起脸来把头别向了另一边。这是我最后一点自尊了。

但别人还是要将它彻底粉碎，工作组长坐在椅子上，说："刚才你说的什么我没有听清，现在你说吧，看来，你说话我得仔细听着才行。"我的身后，传来了曾经的朋友，现在已经穿上军装的贤巴嘻嘻的笑声。而我的泪水马上就要溢出眼眶了。于是，我转身冲下了楼，老师也相跟着下来了。冬天清冽的风迎面吹来，我哇的一声哭了起来。

老师叹了口气，把无可救药的我扔在雪地里，穿过广场，回小学校去了。

我突然拔腿往山上跑去。我再也不要生活在这个寨子里了。曾经的好朋友贤巴找到了逃离的办法，而我还没有找到。所以，便只能向包裹着这个寨子的大山跑去。穿过残雪斑驳的树林，我一路向山上狂奔。我还看见父亲远远地跟在身后。等他追上我时，我的脸上泪水已经流干了。我坐在雪地上，告诉父亲我不要再上学了。我要像花脸贡波斯甲一样一个人住在山上。我要把挣到的每一分钱都给家里。

父亲什么也没说，但我看到他的脸在为了儿子而痛苦地抽搐。

沉默许久后，他说："我们去看看贡波斯甲吧。"

是的，这是我最后一次看见花脸。最后一次看见的时候，我们已经看不清他的脸了。木门吱呀一声推开时，屋顶上有些积雪掉了下来。雪光反射到屋子里，照亮了他那副永远擦得亮光闪闪的马鞍。木头的鞍桥，鞍桥上的革垫，铜的马镫，铁的嚼口，都油光锃亮，一尘不染。花脸背冲着门，我叫了他一声，他没有搭理我。我走进屋子，再喊一声，他还是不答应。然后，我感到一股阴冷的气息从他身上散发出来。就像寒气从一大块冰上散发出来一样。

死。

我一下就想到了这个字眼。

父亲肯定也感到了这个字眼，他一下把我挡到身后。花脸侧身靠在那副鞍具上，身边歪倒着两只酒瓶。他的脸深深地俯在火塘里。火塘里的火早就熄了，灰烬里是细细而又刻骨的冰凉。父亲把他的身子扶正，刚一松手，他又扑向了火塘。父亲叹口气，低声说了句什么，然后跪下来，再次将他扶起来。让他背靠着他心爱的马鞍，可以驮他去到遥远温泉的马鞍。这下，我真的看到了死亡。这是我第一次如此逼近死亡的真实表相。贡波斯甲的脸整个被火烧成了一团焦炭。

这时，NHK电视新闻里正在播放新闻，说是在日本这个伽蓝众多的国度，有一座寺遭了祝融之灾。画面上是一尊木头佛像被烧得面目模糊的面部。那也正是花脸贡波斯甲被烧焦的面部的模样。

我最后看到的花脸贡波斯甲就那样带着被烧焦的模糊面容背倚着那副光可鉴人的鞍具。我和父亲慢慢退到门口，父亲伸出手，小木门又咿呀一声关上了。于是，那张脸便永远地从我们视线里消失了。

　　我们在木屋的台阶上站了片刻。屋子四周是深可过膝的积雪。父亲砍来两段带叶的松枝，于是，我们一人一枝，挥舞着清除屋顶上的积雪。木屋依山而建，站在房屋两旁的边坡上，很轻易地，我们就够到了那些压在房顶上的积雪。雪一堆堆滑到地上。现出了厚厚的杉树皮苫成的屋顶。

　　一根火柴就将这座木头房子点燃了。

　　火光升腾而起，干燥的木头熊熊燃烧，噼啪作响。火光灼痛了我的脸。火的热力使身边的积雪滋滋融化，但我还是感到背上发冷，感到一股透心的冰凉。然后，房顶在火光中塌陷了。塌陷后的房顶更紧地贴着花脸的肉身燃烧着，火苗在风中抽动着，欢快地嚯嚯有声。一股股青烟飘到天上。好了，现在花脸的灵魂挣脱了肉身的束缚去到了天上。我抬眼仰望，四围的雪峰晶莹剔透，寂静的蓝无限深远。

　　山下的人们看到了火光，也上山来了。

寨子里当了民兵的年轻人，由工作组率领着首先赶到。穿军装的贤巴也跟大家一起冲上山来。面对慢慢小下去的火和不再存在的木头房子和房子里的那个人，他的表情坚定，他的悲伤表情里有一些表演的成分。最后，全寨子的人差不多全部赶到了，看着火慢慢熄灭，一种带着歉疚之感的悲伤笼罩着人群，我看见贤巴脸上那点夸张的表情也完全消失了。

并且，在下山的路上，他和我并肩走在了一起。

我不想理会他，但他抽了抽鼻子，又抽了抽鼻子，说："你也应该争取当解放军。"

我说："为什么？"

他压低了声音说："你也跟我一样，想永远离开这个该死的寨子。"他站住了，双眼直盯着我，而我确实有种被他看穿了内心的感觉。问题是，这种该死的生活不是想要摆脱就可以摆脱。就像不是想上天堂就能上到天堂一样。花脸是永远摆脱了。贤巴也永远摆脱了。现在，送他上到天堂的崭新皮鞋那么用力，踩得积雪咕咕作响。而我肯定离不开这个该死的寨子。想到这里，我的眼里竟然不争气地涌起了泪光。

泪光使贤巴表情复杂的面容模糊起来。

但是，我听见他有些骄傲，还有些厌恶的声音说："真的，你就像个长不大的孩子。"

然后，他便一路用新皮鞋踩着咕咕作响的积雪，赶到前面，加入到了喧闹的人群中间。把我一个人落在了后面。我再回看身后，花脸的葬身之处，他放牧的那些马，从山上下来，喷着响鼻，四围在那座曾经的木屋周围，而雪地上反射的阳光掩去了意犹未尽的淡淡青烟。只是那些马，立在那里，一动不动，好像梦境里的群雕一般。

那天晚上，我真做了一个梦。梦见花脸牵着马，马背上是那副漂亮的鞍鞯，他的身后，是一树开满白花的野樱桃。他对我说："我要走了。"

他挥挥手里的马鞭，樱桃树上雪白的花瓣便纷纷扬扬，如漫开飞雪。他拂开飞雪的帘子，再次走到我跟前，"我真的要到温泉去了。"

梦里的我绝望得有些心痛，我说："你骗我，你去不了温泉，山那边没有温泉。"

他有些伤心，伤心的时候，他垂下了眼皮，这种垂眼的动作有点美丽女人悲哀时的味道。有点佛眼不愿或不忍看见下界痛苦的那种味道。

花脸死后不久，一队汽车开到了村口，因为失去了远方而基本没有了用处的马群被人赶下山来。一匹匹马给打上了结实的脚绊，赶上了汽车被木栅分成一个个小格子的货厢，每一匹马被关进一个小格子，再用结实的绳子绑起来，这些在雪山脚下自由游走的生灵立即便带着巨大的惊恐深深地萎靡了。汽车启动的时候，很多人都哭了。从此，我们的生活中就再也不会有马匹的踪影了。

有个工作组的同志劝乡亲们不要伤心。他说，这些马是卖给解放军去当军马，听着军号吃饭，听着口令出操，迎着枪炮声奔跑。但是工作组长说："狗屁，现在是社会主义建设时期了，这些马闲在这里没有用处，要知道还有好多地方是用人犁地呢！"于是，我们知道这些生灵是要去服犁地的劳役了。而在我们生活中，马匹是与骑手融为一体的生灵，是去到远方的忠实伴侣。犁地一类的劳役是由气力更大的牛来担当的。

晓得了这些马的命运，更多的人哭了。然后，人们唱起了关于马的歌谣。我听见表姐的声音高高地超拔于所有声音的上面。我的眼睛也湿了。在老人讲述故事里讲到我们文明的起源时，总是这样开始，说："那个蒙昧时代，马与野马，已然分开。"那么，今天这个文明时代，马和骑手永远分开。

这些马匹换来了一辆有些凶恶地突突作响、大口大口喷吐着黑烟的手扶拖拉机。只是它不像书上说的那样用来耕地，而是成了运输工具，第一次运输任务，就是送走这一轮的工作组，再迎来另外一轮的工作组，工作组离开的时候，贤巴也跟着一起离开了。那天，全寨子的人都站在路口，看着突突远去的拖拉机冒着黑烟爬上山坡，然后便消失不见了。

时间在近乎停滞的生活中仍然在流逝，近乎窒息的生活中也暗藏着某些变化。几年后，我上了中学，回乡，又拿到了新的入学通知书的那一天，父亲对我说："如果寨子里永远都是这种情形，你就永远不要回来。"

说这话的时候，他正认真地为我的皮靴换一副皮底。父亲还让我上山，好好在盐泉里泡泡我的一双臭脚。他脸上的皱纹难得地舒展开来，露出了沟壑最深处从未见过阳光的地方，他说："去吧，好好泡一泡，不要让你的双脚带着藏蛮子的臭气满世界走动。"藏蛮子是外部世界的异族人对我们普遍的称呼。这是一种令我们气恼却又无可奈何的称呼。现在，父亲带着一点幽默感，自己也用上了这种称呼。

我去了山上，也在盐泉边泡了泡自己的双脚。把双脚放在像针一样扎人的冷水里，再探入盐泉底部质地细腻的泥沼里，给我的双脚一种很舒服熨帖的感觉。但我不大相信这种方法就能永远地去掉脚上的臭气，如果这种臭气真是我和我的族人们与生俱来的话。想到这里，我便把双脚从泥沼里拔了出来，去看那座曾经的木屋。现在那里什么都没有了。当年的屋基上长出了一簇叶子肥厚的大黄。大黄是清热降火的药材。我对着这簇可以入药的植物站立了很久。又在不知不觉间走到它们中间，然后，一个东西猛一下，在被我看见前便被我意识到了。一颗人头。一个骷髅！在一小块空地上，那个骷髅白得刺眼。上下两排牙齿之间有一种惨烈的笑意，而曾是两眼所在的地方，两个深深的空洞又显得那么茫然。

我感到自己的牙根上有凉气在游走，我倒吸着这嗖唑的凉气，有些惊恐的声音脱口而出："花脸？"

没有回答。

当然没有回答。

然后我不由自主地跪下来，与这个骷髅面对着面。牙关里的凉意，此时像众多小蛇在背上游走。但我还是没有离开。而是与这个骷髅脸对着脸。这片山谷里，没有了马的踪迹，是多么地死寂无声啊！

我又对那骷髅叫了一声："花脸！"

一阵风吹来，周围的绿色都动荡起来，那骷髅好像也摇晃了一下。我以为是他听见了我，便说："我要走了。你的马也都走了。"骷髅没有回答。我就坐在那潮湿的泥地上，最初的惊恐消逝了，无影无踪了。我扯来几片大黄叶子，把骷髅包起来，我说："这里又湿又冷，还什么都看不见，来，我们去另找个地方。"

我找到了一棵冠盖庄严的柏树，将那个头骨放在一个巨大的枝杈间。这样的地方，淋不到雨水却照得见阳光。这个位置也能让他像一个大人物一样坐北面南。加上他眼眶巨大，如果愿意，他不错眼也能同时看到东方与西方。东方的太阳升起来，是一切的开始。西边的太阳落下去，是一切的结束。当然了，西边还有雪山，雪山后面有草原，草原上很遥远的地方，据说有令一切生命美丽的温泉。

下篇

没有想到，十年后，我的工作会是四处照相。

我不是记者，不是照相馆的，也不是摄影家，而是自治州群众艺术馆的馆员。身穿着摄影背心，在各种会议上照相，到农村去照相，到工厂去照相，也到风景美丽的地方去照相。目的只是为了把馆里负责的三个宣传橱窗装满。三个橱窗一个在自治州政府门口，一个在体育场门口，一个在电影院广场旁边。宣传部长总是说着文件上的话："变化，要表现出伟大时代的伟大变化。"

但是，这个变化很难表现。

比如每一次会议，坐在主席台上的那些人都希望橱窗里有自己的大幅照片，主席台上的人一个个排下来，三五年过去，仍然一无变化。农民种庄稼的方式也好像没有什么变化，十年前，农民的地里有了拖拉机，又是十年过去，拖拉机都有些破旧了。倒不及变化刚刚发生时的那种新鲜了。然后是给家家户户送来了现代光明的水电站，但是，不变的水电站又怎样体现更多的变化呢？我们所能做的，就是用不同的风景照片来调剂这些短时间内很难有所变化的画面。结果，有了不同的风景照片，这些图片展览好像就能符合表现伟大变化的要求了。

所以，风景是一个好东西。

对我那双镜头后面的眼睛来说，风景也真是好东西。我挎着政府配置的照相机，拿着菲薄的出差补贴四处走动拍摄风景照片。另一些挎着政府配置的照相机的家伙也四处游荡，拍摄风景照片。在这种游走过程中，不止是我一个人，开始把自己当成是一个摄影家，或者是一个未来的摄影家。于是我把持着的那三个橱窗，在这个小城里，作为重要的发表阵地就有些奇货可居了。

很多照片从四面八方汇聚到我这里。于是，我又有了一个身份，一个编辑，一个颇有权威感的业余摄影评论家。三个橱窗的影响越来越大，越来越时髦。那些年，干部越来越年轻，越来越知识化，越来越追逐新潮。这些领导都把相机当成了小汽车之外的第二项配备，就像是今天的手机与便携式电脑。

我因此成了好多领导的朋友，一个好处是他们去什么地方时，可能在他们性能良好的越野吉普里把我捎上。大家一起在路上选景，一起在路上照相。一起把作品发布在我把持的橱窗里。这些个橱窗使我成了小城里一个很多人都知道的人物。我成了很多领导的艺术家朋友。甚至有开放的姑娘找来，想让我拍一些暴露的照片，作为青春的纪念。她们抱着人体画册，脸红红地说："就是要拍这种照片。"她们说，年老了，看看年轻的身体，也是一份很好的纪念。

布置橱窗时，我已经习惯有很多人围观，在身后赞叹。当然，这些赞叹并不全都是冲着我来的，虽然我摆放那些照片的位置很具匠心，虽然我蘸着各种颜料，用不同样子的笔写出来的不同的字总是美不胜收。但更多人的听上去那么由衷的赞叹，只有一小半是为了照片，一多半是为了照片后面那些熟悉的名字。人们说："啊，某局长！"

"看！某主任！"

这一天，我贴了半橱窗的照片，听了太多的这种赞叹，心里突然对自己工作的意义产生了一丝怀疑，便让对面小店送了一瓶冰啤酒过来，坐在槐树阴凉下休息。五月的中午，天气刚刚开始变得炎热。洁白而繁盛的槐花散发的香气过于浓烈，熏得人昏昏欲睡。

在很多人的围观下，我为一幅照片取好了标题《遥远的温泉》，并信笔写在纸上。是的，这是一幅温泉的照片。热气蒸腾的温泉里，有两三个女人模糊肉感的背影，不知是距离太远，还是焦距不准，一切看上去都是从很远的地方偷窥的样子。照片上的人影被拉到很近，但又显得模糊不清。这是我的橱窗里第一次发布这样的照片。前一天晚上，我与拍下这张照片的某位领导一起喝酒。听他向我描述他所见到的温泉里男女共浴的美丽图景。他也是一个藏族人。他说："他妈的，我们是蜕化了，池子里的人都叫我下去。结果我脱到内裤就不敢再脱了。"

"池子里人们笑我了。他们笑我心里有鬼。想想，我心里真是有鬼。"这张照片的拍摄者有些醉了，"伙计，你猜你怕什么？"

我猜出了几分，但我说我不知道。

他说："温泉里那些姑娘真是健康漂亮，我怕自己有生理反应，所以要一条内裤遮着，所以，最后只有跑到远处用长焦镜头偷拍了这些照片。"有些照片异常清晰，但我们下了好大决心，才挑了这张面目模糊的，以为一个小心的试探。

　　我坐在树荫下喝着啤酒，写下了那个标题，并从牛皮纸信封里拿出这张照片时，那几团模糊的肉色光影一下便刺中了人们的眼球。人们一下便围了上来。虽然不远处的新华书店里就在公开出售人体摄影画册，录像带租赁店里半公开地出租香港或美国的三级片。尽管这样，模糊的几团肉光还是一下便吸引了这么多热切的眼球。正是这些眼球动摇了我把这张照片公开发表的信心。我不用为全城人民的道德感负责，但在展览上任何一点小小的不慎，都会让我失去那些让我在这里生活愉快的官员朋友。

　　于是，那张照片又回到了牛皮纸信封里。那几个标题字也被撕碎了。我又灌了自己一大口冰凉的啤酒。这时，一个穿着黑色西服，领带打得整整齐齐的官员自己打开一把折叠椅坐在了我的对面。

　　说他是一个官员，是因为了他那一身装束，因为他自己拿过椅子时那掩不住的大大咧咧的派头。他笑眯眯

万丈红霄　/ 2009年　/ 217 cm × 579 cm

舞衣 / 2015年 / 248cm×122cm

地坐在我面前，说："请我喝杯啤酒吧。"我把茶杯里的残茶倒掉，给他把啤酒斟满，我有些慵倦的脸上浮现出的笑容有些特别的殷勤。

他问："你不认识我了？"

我摇摇头，说："真没见过，但我猜，起码是个县长。"

"好眼力。"他说，他是某个草原县的副县长。

我说："那你很快就能当上县长。"凭我多年的经验，有两种人明知是假话也愿意听，一种是女人愿意你把她的年纪说小，一种是那些在仕途上走上了不归之路的官员，愿意听你说他会一路升迁。

他笑了，灌下一大口啤酒，说："我们这种人身上是一种气味的，有狗鼻子的人，一下就闻出来了。"

我说："你骂我呢。"

他说："我不是把你我两个都骂了吗？"

他说的倒还真是实话，他把当官的人，和一眼就认得出谁是当官的人的人都给浅浅地骂了。

他说："我认识你。"

我说："哪次开会不是我来照你们这些一个个大脑袋？你当然该认识我了。"

"那次你到我们县，我就想赶回来见你，带你去看温泉，你一直想看的温泉。结果我赶回来，你们已经走了。"

说起温泉，我有些恼火，因为莫名的担心，我取下了这张照片，但我待会儿还得去向这张照片的摄影者作一些解释，并且不知道这些解释能否说服对方。

看我经过提示也没有什么反应，他把刚才摘下又戴上的墨镜又摘下来，隔着桌面倾过身子来，说："你这家伙，真不认识我了？"

这回，我看到了一双熟悉的眼睛，但没有到温泉一样遥远的记忆中去搜寻，最后，我还是摇了摇头。

他有些失望，也有些愤怒，说："你他妈的，我是贤巴!"

天哪，贤巴，有好多年，我都牢记着这个家伙，却没有遇见过他。现在，我已经将他忘记的时候，他又出现了。当我记得他的时候，我心里充满了很多的仇恨。当我将他忘记的时候，那些仇恨也消泯了。所以，他这个时候在我面前出现，真是恰逢其时。因此，我想，神灵总是在这样帮助他的吧。

于是，我惊叫一声："贤巴！"就像遇到多年失散的亲人一样。

他看着我激动的样子，显得镇定自若，他拍拍我的肩膀，看看表，用不容商量的官员口吻说："我去州政府告个辞，你把这个赶紧弄完，再回家把照相机带上。两小时后我来这里接你。"

他说着这些话时，已经走到了大街的对面一辆三菱吉普跟前，秘书下来把车门替他打开，而我不由自主地也相跟着与他一起走到了车子前。他在座位上墩墩屁

股，坐牢实了，又对我说："记住，一定要准时，今天
我们还要赶路。"

而我还在激动之中，带着一脸兴奋，连连说："一
定。一定。"

当贤巴的座驾在正午的街道上扬起一片淡淡尘土，
消失在慵倦的树荫下时，槐花有些闷人的香气阵阵袭
来，我才想起来，这个人凭什么对我指手画脚呢？一个
区区几万人的草原小县的副县长凭什么对我用这样的口
吻说话？而我居然言听计从。街上有车一辆辆驶过，车
后一律扬起一片片尘土，我被这灰尘呛住了。一阵猛烈
的咳嗽使我深深地弯下腰去。等我直起腰来，又赶紧回
到橱窗那里，把剩下的活儿干完。然后，回到办公室，
打开柜子收拾了三台相机，和一大包各种定数的胶卷。

馆长不在，我在他办公室等了好一会儿，也没见他
回来，于是，我才放了一张纸条在他的桌子上。背上了
相机，再一次走上大街我心里开始嘀咕，这个该死的贤

巴，十多年不见，好像一下便把过去的全部过节都忘记了。而我想起这一点，说明那些过节还枝枝杈杈地戳在我心口里。但我没有拒绝他的邀请。回去十几年，我想当年那个固执的少年是会拒绝的。但我没有拒绝。

仅仅是因为那个男女不分裸浴于蓝天之下的温泉吗？

我走到体育场前的摄影橱窗那里，贤巴乘坐的三菱吉普已经停在那了。贤巴满面笑容地迎上前来，一开口说话，还是那种自以为是的腔调。他说："我以为你要迟到了。"

"你以为？"

他仍然是一副官员的腔调，"你们这些文艺界的人嘛，都是随便惯了的。"

我只知道自己是群众艺术馆的馆员，而是不是因此就算文艺界，或者什么样的人才能算文艺界，就确确实实不大清楚了。

他很亲热地揽住了我的肩膀，好像我们昨天还在亲热相处，或者是当年的分手曾经十分愉快一样。他又叫秘书从我手上夺过了两只摄影包，放进了车里。

后来，我也坐在了车里，他从前座上回过头来，笑着说："我们可以出发了吗？"

槐花的香气又在闷热的阳光下阵阵袭来，我点了点头。

车子启动了。贤巴很舒服地坐在他的座位上，后排是我和他的秘书。看着他的硕大肥厚的后脑，我心里又泛起了当年的仇恨。或许还有嫉妒。这时，我从后视镜里看到了他的目光，望着前方，仍然野心勃勃，但其中也有把握不定前途的迷茫。我用相机替自己拍过照片，就像那些大画家愿意对着镜子画一张自己的自画像一样。我从自己的每一张自拍照中都看到了这样的目光。第一次看见这种神情的时候，我被自己的目光吓了一跳，我一直以为自己是一个随遇而安的人，但是，我的眼睛里野火一样燃烧着的东西却告诉我自己一直在渴望着什么。我想，面前这个人也跟我一样，肯定以为自己一直志存高远，而一直回避着面对渺渺前程时的丝丝迷茫。

这时，他说话了："我看你混得很不错嘛。"

我直了直脖子，说："没法跟你比啊。"

"小小一个副县长，弄不好哪一天说下去就下去了。"

"我想体会一下这种感觉还体会不到呢。"

这时，他突然话锋一转，说："听说你搞摄影后，我就想，你总有一天会来拍我们县里的那个温泉。结果你一直没来。"

这使我想起了死去多年的花脸贡波斯甲，使我想起了已经淡忘多年的遥远的温泉。

贤巴从后视镜里看着我说："我说的这个温泉，就是当年花脸向我们讲过的那个温泉。"他还说，"唉，要是花脸不死的话，现在也可以自由自在地去看那些温泉了。"

"但是花脸已经死了。"我从后视镜里看着他的眼睛，说，"花脸死得很惨。"我的口气会让他觉得花脸落得那样的下场，和他是有一定关系的。但他好像没有觉得。他说："是啊，那个年代谁都活得不轻松啊。"我眼前又浮现出了花脸死去时歪倒在火塘里的样子，想起了他那烧焦的脸。现在，那个灵魂与血肉都已离开的骷髅还安坐在那株野樱桃枝杈上吗？这个季节，细碎的樱桃花肯定已经开得繁盛如雪了。风从晶莹的雪峰上扶摇而下，如雪的樱桃花瓣便纷纷扬扬了。

我没好气地说："就不要再提死去多年的人了吧。"

"我们不该忘记，那是时代的错误。"贤巴说这话时，完全是文件上的口吻。汽车性能很好，发动机发出吟咏道路的平稳声音，车窗外的景色飞掠向后。一棵树很快陷落在身后，一丛草中的石头，一簇鲜艳的野花，都一样地飞掠向后，深陷于身后的记忆之中了。记忆就像是一个更宽广的世界，那么多东西掉进去，仍然覆盖不住那些最早的记忆。我希望原野上这些东西，覆盖了我黯淡的记忆。但是该死的记忆又拼了命从光照不到的地方冒出头来。是的，记忆比我更顽强。

贤巴又说起了温泉。我告诉这位县长，他说到温泉时有两种口气，一种是官员的口气，他用这种口气谈温泉作为一种旅游资源，要大力加以开发。他谈到了资金，谈到了文化，就是这该死的人人都谈的文化。但他话题一转，谈到了男女混同的裸浴。他的口气一下变得有些猥亵了。他谈到了乳房、屁股、毛发，少年时代的禁欲主义使我们看待一切事物都能带上双倍色情的眼光。这种眼光使我们在没有色情的地方也看到淫邪的暗示，指向众多的淫邪暗示。

他一点也不生气，而是哈哈一笑，拍着他司机的肩膀说："是的，是的，两种口气，官员的口气和男人的口气。"他的意思是说，谁让我又是官员又是男人呢？而我的意思是，如果我们奔向的是牧马人贡波斯甲向我们描述的那个温泉，是我们少年时代无数次幻想过的温泉，那他就不该用那样的口气。于是，我不再说话。

他的眼睛已经被这话题点亮了。

他说："到时候你拿相机的手不要发抖，不要调不准焦距。"

我没有说话。

"哈，我知道了，你只要饱自己的眼福，不愿意变成照片与人分享嘛。还是拍些照片，以后就看不到这种景象了。"

这一天，我们住在县城。贤巴请我去了他家里，他的妻子是个病恹恹的女人，周身都散发着一些药片的味道。但还是端着县长夫人的架子，脸上冷若冰霜。贤巴有些端不住了。说："这是我的同学，我的老乡。"

于是，县长夫人脸上那种冷漠的表情更加深重了，口里嘟哝了一句什么。

我自己调侃道："乡下的穷亲戚来了。"

县长夫人表情有些松动，打量我一阵，说："你们那里真还有不少穷亲戚。"

我很好奇："他们到这里来了。"

县长夫人盘腿坐在一块鲜艳的卡垫上，手里拿着一把精致的木梳，说："他们来洗温泉。"

我心里有了一些恶意："我来也是因为温泉。"

贤巴赶紧插进来，说："他是摄影家，他来拍温泉。我们要把温泉这个旅游资源好好开发一下。"

县长夫人脸上的表情又松动了一些，眼睛看着我，话却是对她丈夫说的："给办公室打个招呼，让招待所好好安排吧。"

说完，她好像是做了一件特别累人的事情，叹口气捶着腰走进了里间的房子。其实，此前她丈夫已经在招待所把我安顿好了。我害怕贤巴因此难为情，所以我不敢看他的眼睛。他把我送下楼，说："她跟我们不一样，她是从小娇生惯养的，她爸爸是我的首长。"他说出一个名字，那口气中的一点点歉疚就完全被得意掩盖了，"那就是她爸爸。"

当然，他说出的确实是一个尽人皆知的名字。

这时已经是夜里了，昏黄不明的路灯并没有把地面照亮多少，却掩去了草原天空中群星的光芒。贤巴又问我老婆是干什么的。我告诉他是中学教师。县长说："教师很辛苦。"

我说："大家都很辛苦。"

他又声音洪亮地笑了。笑完，拍拍我的肩，看着我走出了院子。街上空空荡荡。一小股风吹过来。吹起一些尘土。尘土里卷动着一些破纸片，一些塑料袋。尘土里的马粪味和远处传来的低沉狗吠和黯淡低矮的星空，使我能够确信，已经来到了草原。

第二天，贤巴没有出现。

一脸笑容的办公室主任来陪我吃饭，说贤巴县长很忙。开会，审查旅游开发方案。还有很多杂七杂八的事情。我只好说我不忙。吃完午饭，我上了街。街面上很多小铺子，很多露天的台球桌。有几个小和尚和镇上的小青年在一起挥杆，桌球相撞发出响亮的声响。不时有牧民骑着被太阳晒得懒洋洋的马从街上走过。我唯一的收获是知道了去温泉有六十里地。我站在街边看了一阵露天台球，然后，一个牧民骑着马走过来，身后还有一匹空着的马。我竖起拇指，就像电影里那些站在高速路边的美国人一样。两匹马停下来。斜射的太阳把马和人浓重的身影笼罩在我身上。马上的人身材高大，这个身影欠下来，说："伙计，难道我们去的是同一个地方？"

　　我说出了温泉的名字。

　　他哈哈一笑，跳下地来，拍拍我的屁股，"你骑有鞍子这一匹，上去吧！"他一推我的屁股，我一下便升起来，在高耸的马背上了。那些打台球的人，都从下边仰脸望着我。然后，他上了那匹光背马，一抖缰绳，两匹马便并肩嗒嗒走动了。很快就走出县城，翻过两座小丘之间的一个山口，一片更广大的草原出现在眼前。

"嗬！"不知不觉间，我发出一声赞叹。

然后，一抖缰绳，马便奔跑起来。但我没有加鞭，只让马离开公路，跑到湖边，就放松了缰绳，在水边松软的小路上放慢了步伐。这是一个季节性的湖泊，水面上水鸟聒噪不已。那个汉子也跟了上来，看着我笑笑，又抖抖缰绳，走到前面去了。这一路，都由他控制着节奏，直到草原上突兀而起的一座紫红色的石山出现在眼前。他告诉我山根下面便是温泉。看着那座赭红色的石山，看着石山缝里长出的青碧小树，我想到了火山。很多年前，就在这里，肯定有过一次不大不小的火山喷发。我把这个想法告诉他，他说："这话像是地质队的人说的。"

"我不是地质队员。"

两个人正斜坐在马背上说话，从我们所来的草原深处，一辆飞驰的吉普车扬起了一柱高高的尘土。汉子突然猛烈的咳起来。我开了个玩笑，说："该不是那些灰尘把你呛住了吧？"

　　他突然一下止住了咳嗽，很认真地说："不止是我，整个草原都被呛住了。"

　　这一路，我们都避开了公路在行走，但又一直伴随着公路。和公路一起平行向前。我们又继续策马前行。汉子说："以后你再来这个地方，不要坐汽车来。"

　　我说那不大可能，因为我是从很远的地方来的。

　　他挥了挥手，说："得了吧，你的前辈都是坐着汽车来洗温泉的吗？"我的前辈们确实不是坐着汽车来洗温泉的，而且，是在有了汽车以后失去了四处行走的自由。当然，后来又恢复了四处行走的自由，但是，禁锢太久之后，他们的灵魂已经像山间的石头一样静止，而不是像一眼泉水那样渴望奔突与流浪了。很多人确实像庄稼一样给栽在土里了。他说："我知道你是怎么想的，我是说，如果你真的想看温泉，想像你的先辈们一样享受温泉，那你就把汽车放在县城，骑一匹马到温泉边上来。"

"就像今天这样？"

他说："就像今天这样。"

那辆飞驰的吉普车从与我们平行的公路上飞驰而过时，我们已经到了那赭红色的山崖下面。抬头仰望，高高的山崖上有一些鸽子与雨燕在巢里进出。他在这个时候告诉我："我叫洛桑。"

我看着那些飞出巢穴的雨燕在空中轻捷地盘旋，过了一会儿，才明白他说的是什么。我说："对不起，我早该问你的。"

他跳下马，我也下了马，两个人并肩走在一起，他说："你该告诉我你的名字。"

我又颇为尴尬地说了一声对不起，然后告诉他我的名字。

洛桑笑了："你总是这么心不在焉吗？"

我告诉他："我一直在想温泉。"

他看了看我，眼睛里闪过一丝惊讶的亮光，但立即就掩藏住了。他说："哦，温泉。温泉。好吧，朋友，温泉已经到了。"

这时，我们脚下掩在浅草中的小路，正拐过从崖体上脱落出来的几块巨大的岩石，西斜的太阳把岩石巨大的影子投射在身上，风吹在身上有些凉。当我们走出岩石的阴影，身子一下又笼罩在阳光的温暖里，眼前猛然一亮：那不单单是阳光的明亮，而是被斜射的阳光镀上一层银色的水面反射的刺眼光亮。

温泉！

遥远的措娜温泉，曾经以为永远遥不可及的温泉就这样出现在了我的面前！

我站在那里，双眼中满是温泉上的光芒在迷离摇荡，浓烈的硫黄味就像酒香一样，增加了恍惚之感。我站在那里，不知站了多长时间，只记得马在身后噗噗地喷着响鼻。这些光芒慢慢收敛了刺眼的光芒，让我看清楚了。从孤山根下的岩缝中，从倾斜的草坡上，有好几眼泉水翻涌而出。温泉水四溢而出，四处漫漶，在青碧的草坡上潴积出一个个小小的湖泊。就是那些湖泊反射着一天里最后的阳光，辉耀着刺目的光芒。

我把牵着的马交给洛桑，独自走到了温泉边上。水上的阳光就不那么耀眼了，只是硫黄味更加浓重。旷大的草地中间，一汪汪比寻常的泉水带着更多琉璃般绿色的水在微微动荡，轻轻流淌。温泉水注入一个小湖，又很快溢出，再注入另外一个小湖。水在一个个小湖之间蜿蜒流淌时，也发出所有溪流一样的潺潺声响。

我坐下来，仿佛又回到了很多年前家乡寨子后面山上的盐泉边上。

鸟鸣与硫黄味都与当年一模一样。只是这里没有森林，也没有雪山。除了背后一座拔地而起的赭红色孤山，放眼望去，都是平旷的草原，一声浩渺叹息一样辽远的草原。

洛桑用马鞭敲打着靴子，让我收回了远望的目光。他说："每一次，我都像第一次看见一样，都像看见一个新鲜的年轻姑娘。"

我说："但是，这不是我一直想来的那个温泉。"

然后，我向他描述了花脸贡波斯甲曾经向我们描述的那个温泉。那个温泉，不像现在这样安谧、宁静，而是一个四周扎满帐篷的盛大集市，很多的小买卖，很多美食，很多的歌舞，很多盛装的马匹，当然还有很多很多的人穿着盛装来自四面八方。他们来到泉边，不论男女，都脱掉盛装，涉入温泉。洗去身体表面的污垢，洗去身体内部的疲惫与疾病。温泉里是一具具漂亮或者不够漂亮的躯体，都松弛在温热的水中。

也许真正的情形并不是那么天真无邪，那么自由，那么松弛，但在我的童年，花脸和寨子里那些来过温泉的上辈人的描述为我造成了梦境一样美丽的想象。现在，我来到了这个幻梦之地，这里却安静得像被人完全忘记了一样。草地青碧，蓝天高远，温泉里的硫黄味来到傍晚时分的路上，就像有种女人把某种美妙的情绪带到我们心头一样。还有一个叫洛桑的汉子，照看着两匹漂亮的马。马伸出舌头，卷食那些娇嫩的青草。

我一直坐在泉边。

不知过了多久，太阳光中的热力减弱了很多。

身后的洛桑突然说："来了一个人。"

果然，一个人正往山坡上走来。来人是一个乡村邮递员。他走到我们跟前，向洛桑问好，却对我视而不见。洛桑拿来一瓶酒放在地上，又拿出了一块肉，乡村邮递员从包里掏出一大块新鲜奶酪，然后，两个人脱得干干净净下到了温泉里。我也学他们的样子，下到水里，然后，把头深深地扎进温热的水里。水，柔软，温暖，从四周轻轻包裹过来，闭上眼睛，是一片带着嗡嗡响声的黑暗，睁开眼睛，是一片荡漾不定的明亮光斑。一个人在母腹中就是这个样子吧，佛经中说，世界是一次又一次毁灭，一次又一次开始的，那么，世界开始时就是这样的吧。洛桑和乡村邮递员把大半个身子泡在温水里，背靠着碧草青青的湖岸，一边享受温泉水的抚摸，一边享用刚才备下的美食：酒、肉和奶酪。我却深深地把头扎在水里。每一次从水里抬起脑袋，只是为了把呛在鼻腔里的水，像牲口打响鼻一样喷出来，再深深地吸一口气，再一次扎进水里。

就这样周而复始，一次又一次扎入水中，好像我的生命从这个世界产生以来就从来没有干过别的。扎进水里，被水温暖而柔软地拥抱，睁开眼睛，是动荡不已的明亮，闭上眼睛，是结结实实的带着声响的黑暗。于是，我的生命变得简单了，没有痛苦，没有灰色的记忆。只是一次次跃出水面，大口呼吸，让新鲜空气把肺叶充满，像马一样喷着响鼻把呛进嘴里的水喷吐出来。这是简单的结结实实的快乐。是洛桑狠狠的一巴掌结束了我的游戏。

这些串成一串的温泉小湖都很清浅，当我把头扎向深水时，屁股便露出了水面。洛桑一巴掌把我拍了起来。看我捂住屁股的样子，乡村邮递员放声大笑。我从来没有想到过这个小矮人的腹腔里能发出这么大的声音。这太过洪亮的声音让我感到了尴尬。但是，洛桑递给我的酒化解了这种尴尬。

酒，还有乡村邮递员的奶酪，加上正在降临的黄昏，使我与温泉的第一次遭逢部分地符合了我的想象。酒精开始起作用了，我说："如果再有几个姑娘，漂亮的姑娘，跟我们一样赤身裸体的姑娘……"

这句话使两个人大笑起来，"哦，姑娘，姑娘。"

"温泉里再没有姑娘了吗？"

两个人依然大笑不已。

很多年后，在东京，几位日本作家为我们举行的宴会上，大家谈起了日本的温泉。我问频频为我斟酒的老作家黑井谦次先生，是不是还有男女同浴的温泉。川端康成小说里写过的那种温泉。老作家笑了，说："如果阿来君真的想看的话，我可以做一次向导。只是先听一个故事吧。"他说，他四十岁的时候，与我差不多的年纪，离了喧嚣的城市，到北海道去旅行。一个重要的内容当然是享受温泉，同时，也想看看男女同浴的温泉。在外国人的耳朵里，好像整个日本的温泉都是这样。而在日本，你被告知这种温泉在北海道，寻访到北海道，你又被告知那种温泉在更偏僻一些的地方。黑井谦次先生遇到的就是这种情况。他住在北海道一间著名的温泉旅馆，但那里没有男女混浴的地方。经过打听，人家告诉他有这种温泉。他走了很长的路去寻访。结果他说："温泉里全是一些退了休的老头老太太，他们对我说：

'可怜的年轻人，以前没有见过世面，到这里来开眼来
了。'"黑井谦次先生这个故事，在席间激起了一片开心
的笑声。黑井先生又给我斟上一杯酒，"阿来君，我告
诉你这个温泉在哪个地方，只是，那些老太太更老了，
一个四十岁的男人该被他们看成小孩了。"大家再次开
怀大笑。

　　回到酒店，我开始收拾东西，明天就要出发去据说
也有很多温泉的上野县的上田市。我眼前又浮现出了中
国藏区草原上的温泉。草原宁静、遥远，温泉水轻轻漾
动宝石般的光芒，鸟鸣清脆悠长，那光芒随着四时晨昏
有无穷的变化。

　　我又想起那次在温泉时的情形了。

　　我说："如果这时再有几个姑娘……"

　　洛桑和乡村邮递员说，如果我有耐心，多待一些时
候，就可以碰到这种情形。但在花脸贡波斯甲和寨子里

老辈人的描述里，从晚春到盛夏，温泉边上每一天都像集市一样喧闹，许多赤裸的身体泡在温泉里，灵魂飘飞在半天里，像被阳光镀亮的云团一样松弛。美丽的姑娘们纷披长发，眼光迷离，乳房光洁，歌声悠长。但是，当我置身于温泉中，这一切都仿佛天堂里的梦想。我把这种感觉告诉了身边两个男人。我们都喝得有点多了，所以大家都一声不响，躺在温水里，听着自己的脑海深处，什么东西在嗡嗡作响，看星星一颗颗跃到了天上。

洛桑说："这种情形不会再有了。这个规矩被禁止了这么多年，当年那些姑娘都是老太太了。现在的姑娘，学会了把自己捂得紧紧的，什么都不能让人看见。男人们被土地，被牛群拴住了，再也不会骑着马，驮着女人四处流浪。一匹马关得太久，解开了绊脚绳也不会迎风奔跑了。"

"只有我，每天都在路上，"乡村邮递员还没有说完，洛桑就说，"得了吧。"

小个子的乡村邮递员还是不住嘴，他说："我每天都在到处走动，看见不同的女人。"我看见他口里的两颗金牙上有两星闪烁的亮光。

洛桑说："住嘴！"

邮递员又灌下一口酒，再对我说话时，他胃里的腐臭味扑到我脸上，"朋友，我是国家干部，女人们喜欢国家干部，因为我们每个月都有国家给的工资！"

洛桑说："工资！"然后，两个耳光也随之落在了邮递员的脸上。邮递员捂着脸跳上岸，瘦小身子的轮廓被夜色吞没，使他看起来更像是一个不太具象的鬼影。他挨了打却笑出了声，话依然冲着我说，"这狗日的心里难受，这狗日的眼红我有那么多女人。"

洛桑从水里跳出来，两个光身子的人在夜色中绕着小湖追逐。这时，下面的公路上突然扫过一道强光，一辆吉普车大轰着油门离开公路向山坡上冲来。雪亮的灯光罩住了两个赤身裸体的男人。洛桑强壮挺拔，邮递员瘦小而且罗圈着双腿。车灯直射过来，两个人都抬起手臂，挡住了双眼。车子直冲到两人面前才吱一声刹住了。车上跳下一个人，走到了灯光里。邮递员放下手臂，嗫嚅着说："贤巴县长。"

洛桑像牙疼似的哼了一声。

贤巴县长对邮递员视而不见，径直走到洛桑面前，说："我的朋友呢？"

洛桑一下没有回过神来："你的朋友？"

我在水里发出了声音："我在这里。"

贤巴说："我在乡政府等了你很久，我以为你会去乡政府。"

我说："我是来看温泉的，到乡政府去干什么？"

贤巴说："干什么？找吃饭睡觉的地方。"

"难道跟他们就没有吃饭睡觉的地方？"

副县长说："穿上衣服，走吧。"然后他又转身对洛桑说，"你这种人最好离我的朋友远一点。"

"县长大人，是你的朋友竖起大拇指要跟我走的。"洛桑又灌了一大口酒，对我说，"原来你也是个大人物，跟你的朋友快快地走吧。"

这时，那个乡村邮递员已经飞快地穿上衣服，提起他的帆布邮包，钻进夜色，消失了。

贤巴拉着我朝汽车走去，洛桑也一把拉住了我。我以为他改变了主意叫我留下来，如果他说你留下，我想我会留下的，但他说："就这么走了？国家干部骑了老百姓的马不给钱吗？"

我还光着身子，贤巴把一张五十元的纸币扔给这个脸上显出可恶神情的家伙。纸币飘飘荡荡地落到水里，洛桑笑着去捞这张纸币，我穿上衣服。坐在汽车里，温泉泡得我浑身很舒服地瘫软，脑子也因此十分木然。我半躺在汽车座椅上，汽车像是带着怒火一样开动了，车灯射出的两根光柱飞速扫过掩入夜色的景物，一切刚被照亮，来不及在眼前呈现出清晰的轮廓便又隐入了夜色。很快，汽车摇摇晃晃地开上了公路，声音与行驶都平稳了。

贤巴转过脸来，这几天来那种客气而平淡的神情消失了，当年参军前脸上看人常有的那种讥诮神情又浮现在他那张看上去很憨厚的脸上，"拍到光身子的女人了吗？先生，时代不同了，你不觉得那是一种落后的风俗吗？"

"我觉得那是美好的风俗。"

汽车颠簸一下，贤巴的头碰在车身上，他脸上讥诮的神情被恼怒代替了，"你们这些文人，把落后的东西当成美，拍了照片，得奖，丢的可是我们的脸。"

我不再说话，在这么大的道理前还怎么说话？这种话出现在报纸上，电视上，写在文件里，甚至这么偏僻的草原上也有人能把这种道理讲得义正词严，而我已经习惯沉默了。

突然我又想起了刚刚离开的温泉。不断鼓涌，静默地吐出一串串珍珠般晶莹气泡的温泉。甚至，我恍然看到阳光照亮了草原，风吹着云影飞快移动，一个个美丽健硕的草原女子，从水中欢跃而起，黄铜色的藏族人肌肤闪闪发光，饱满坚挺的乳房闪闪发光，黑色的体毛上挂着晶莹的水珠，瞬息之间就像是串串宝石一般。

我甚至没有提出疑问，这种美丽怎么就是落后呢？

我只是被这种想象出的美丽所震撼。我甚至想，我会爱上其中的哪一个姑娘。温泉把我的身子泡得又酥又软，车子要是再开上一段，我就要睡着了。但车灯射出的光柱停止了摇晃，定定地照在一幢红砖平房上。这是辖管着温泉的乡政府。当晚我们就住在那里。县长下来了，乡里的书记、乡长、副书记、副乡长、妇联主任和团委书记都有些神情振奋，开了会议室，一张张长条的藏式矮几上摆上了手抓羊肉和新酿的青稞酒。乡长派人叫发电机在半夜十二点准时停电的小水电站发个通宵，然后脱了大衣，举起了酒碗。大家喝酒，唱歌，藏族的酒歌，情歌，也有流行歌。

这个镇子很小，也就十几幢这样的平房吧。乡政府里歌声大作时，已经睡着的大半个镇子又醒过来了。我们宴集场所的窗玻璃上贴饼子一样，贴满了许多生动的人脸。一些羞怯而又兴奋的姑娘被放了进来，她们喝了一些酒，然后就与干部们一起唱歌跳舞了。

我希望这些姑娘不要这么咻咻傻笑，但是她们却兴奋地咻咻地笑个不停；我也希望她们脸上不要浮现出被宠幸的神情，但是她们明白无误地露出来了。

我想对贤巴说，这才是落后的风俗。但贤巴县长正被两个姑娘围着敬酒，他已经有些醉了。他很有派头地勾勾指头叫我过去。两个带着巴结笑容的姑娘也向我转过脸来。我在他们身旁坐下来，贤巴又是很气派地抬抬下巴，两个姑娘差不多是把两碗酒灌进了我的嘴里。她们实行的是紧贴战术，我感到了坚实乳房一下又一下的碰触。这种碰触的记忆已经很遥远了。所以我不由得躲闪了一下，贤巴咧着嘴笑了，"怎么，这不比想象温泉里的裸浴更有意思吗？"

两个姑娘也跟着笑了，我觉得这笑声有些放荡。但也仅此而已。一些放荡的笑声，一些浅尝辄止的接触。

贤巴悄悄地对两个姑娘说："这家伙是我的朋友，他带了很高级的照相机，要拍女人在温泉里的光屁股照片。"

又是一些放荡的笑声，一些浅尝辄止的接触。

当然，他们比我更深入一些，但也只是一些打情骂俏，如果最后没有宽衣解带，这种打情骂俏也是发乎情止乎礼仪的意思。虽然我也看到了一些人的手在姑娘身上顺着曲线游走与停留。送走这些姑娘的时候，天已经快亮了，瞌睡与酒意弄得人脑袋很沉。我和副县长住在一个屋里。上床前，贤巴亲热地擂了我一拳。我又感觉到年少时的那种友谊了。上了床后，贤巴又笑了一声，说："你这个人呀！"

晚绮 / 2014年 / 249cm×216cm

风动红衣白露秋 – 荷花　/ 2014 年　/ 60 cm × 60 cm

"我怎么了？什么意思？"

他却发出了轻轻的鼾声。我的眼皮也沉沉地垂了下来。醒来的时候，才发觉连衣服都没脱就上床了。但这一觉却睡得特别酣畅淋漓。窗户外面有很亮的光线，还有牛懒洋洋的叫声。贤巴已经不在床上。我推开门，明亮的阳光像一匹干净明亮的缎子铺展在眼前。院子里长满茸茸的青草，沿墙根的几株柳树却很瘦小。土筑的院墙之外，便是广大的草原。炊事员端来了洗脸水。然后又用一个托盘端来了早餐：几个牛肉馅包子和一壶奶茶。他说："将就吃一点，马上就要开中午饭了。乡长他们正在向县长汇报工作，汇报完就开饭。"

我有些头痛，只喝了两碗奶茶。

我端着碗站在院子里，听到会议室里传来响亮的讲话声。那种讲话用的是与平常说话大不一样的腔调。在这个国家的任何一个角落都可以听到。

我信步走出院子。

这个镇子与我去过的其他草原小镇一模一样，七零八落的红砖或青砖的房子都建在公路两旁。土质路面十分干燥，脚踩上去便有尘土飞扬。更不要说阳光强烈的时候，常常有小旋风平地而起，间或有一辆卡车驶过，会给整个镇子拉起一件十分宽大的黄尘的大氅。这么多蒙尘的房子挤在一起，给人的印象是，这个镇子在刚刚建好那一天便被遗忘了。宽广的草原无尽延伸，绿草走遍天下，这些房子却一动不动，日复一日被尘土覆盖，真的像是被遗忘在了世界的尽头。我踩着马路上的尘土走进了供销社。有一阵子，我什么也看不见，但感到袭上身来的轻轻寒气，然后听到了一个熟悉的哧哧的笑声。这时的我眼睛已经适应了光线的变化，又能看见了。我看见一个摆着香烟、啤酒的货架前，那个姑娘的脸，是昨晚上在一起欢歌、饮酒并有些试探性接触的姑娘中的一个。

她说："啤酒？"

我摇摇头，说："烟。"

她说："男人们都喜欢用酒醒酒。"然后把一包香烟放在我面前。我付了钱，点上香烟。一时感到无话可说。这个姑娘又哧哧地笑起来。昨天晚上，有人告诉了我她的名字，但我却想不起来了。她笑着，突然问："你真想拍温泉的照片？"

我说："昨天我已经拍过了。"

她的脸有点红了，说："拍女人，不穿衣服的？"

我点了点头，并为自己的不坦率有些不好意思。

"那拍我吧！"说这话时，她的声音变得有些尖利了，并用双手捂住了脸。然后，她走出柜台，用肩膀推我，于是，我又感到了她另外部分柔软而温热的碰触，她亲热地凑过来，说："走吧。"那温热的气息钻进耳朵，也有一种让人想入非非的痒。

我们又重新来到了明亮灼人的草原阳光下，她关了供销社的门，又一次用温热的气息使我的耳朵很舒服的痒痒，然后说："走吧，摄影家。"

我被这个称谓吓了一跳，她说："贤巴县长就是这么介绍你的。"

穿过镇子时，我便用摄影家的眼光看这个镇子上的美女，觉得她的身材有些不恰当的丰满。我是说她的腰，扭动起来时，带着紧裹着的衣服起了一些不好看的褶子。但她的笑声却放肆而响亮。我跟在她后面，有些被挟持的味道。就这样，我们穿过镇子，来到了有三幢房子围出一个小操场的小学校。一个教室里传出学生们用汉语念一首古诗的声音，另一个教室里，传来的却是齐声拼读藏文的声音。这个笑起来很响亮，却总要说悄悄话的姑娘又一次附耳对我说："等着，我去叫益西卓玛。"

于是，我便在挂着国旗的旗杆下等待。她钻进一间教室，于是，那些齐声拼读藏文的声音便戛然而止。她拉着一个姑娘从教室里出来，站在我面前。这个我已经知道名字叫益西卓玛的姑娘才是我想象的那种美人形象。她有些局促地站在我面前。眼睛也躲躲闪闪地一会儿望着远处，一会儿望着自己的脚尖。

供销社姑娘附耳对她说了句什么。益西卓玛便扭扭身子，用嗔怪的声音说："阿基！"

于是，我知道了供销社姑娘名叫阿基。

阿基又把那丰满的紫红的嘴唇凑近了益西卓玛的耳朵。她觑了我一眼，然后红了脸又嗔怪地说了一声："阿基。"就回教室里去了。

阿基说："来！"

便把我拉进了一间极为清爽的房子。很整齐的床铺，墙角的火炉和火炉上的茶壶都擦拭得闪闪发光。湖绿色的窗帘。本色的木头地板。这是一个让人感觉清凉的房间。我坐在椅子上，看着靠窗的桌子上，玻璃板下压着房主人的许多照片。我觉得这些照片都没有拍出那个羞涩的美人的韵味来。

　　我正在琢磨这些照片，阿基站在我身后，用胸口碰了碰我的脑袋，然后身子越过我的肩头，把一本书放在我面前的桌子上。原来是一本人体摄影画册。我随手翻动，一页页坚挺的铜版纸被翻过，眼前闪过一个个不同肤色的女性光洁的身体。这些身体或舒展或扭曲，那些眼神或诱惑或纯洁，那些器官或者呈现出来被光线尽情勾勒，或者被巧妙地遮蔽与掩藏。这时，下课的铃声响了起来，铜质的声音一波波传向远方。门咿呀一声被推开，益西卓玛老师下课了。她拍打着身上的粉笔末，眼光落在画册上，脸上又飞起两朵红云。

　　我听见了自己咚咚的心跳。

　　阿基对益西卓玛伸伸舌头，做了一个鬼脸，再次从我肩头俯身下来，很熟练地翻开其中一页，那是一个黑色美女身上布满水珠的照片。她说："益西卓玛就想拍一张这样的照片。"

　　益西卓玛上来狠狠掐了她一把。阿基一声尖叫，返身与她扭打着笑成了一团。两个人打闹够了，阿基躺在床上喘气，益西卓玛抻了抻衣角，走到我面前，说："是不是从温泉里出来，就能拍出这种效果？"

我不知为什么就点了头，其实我并不知道一个女人光着身子从温泉里出来是不是这种效果。

"我下午没课，我们……可以，去温泉。"

她面对学生时，也是这种样子吗？阿基问我要不要啤酒，我说要。问我要不要鱼罐头，我说要。她便回供销社去准备野餐的食品。阿基一出门，两人一时没话，后来还是我先开口，"这下你又有点老师的样子了。"

她说："这本画册是我借学校图书馆的，毕业时没还，带到这里来了。"不等我再说什么，她又是命令学生的口吻，"去拿你的相机，我们等你。"

回到乡政府，他们的会还没散，挎上摄影包后，我想，我到温泉来想拍什么照片呢？然后，又听到自己的心脏跳得咚咚作响。

　　两个姑娘很少待在水里，她们大多数时候都在青草地上摆出各种姿势，并在摆出各种姿势的间隙里咯咯傻笑。有时，阿基会扑上来亲我一下。后来，她又逼着我去亲益西卓玛。益西卓玛样子很羞涩，但是，你一凑上去，她的嘴巴便像蚌一样微微张开，还有那嘴唇微微的颤动更是夺人心魄。我已忘了来温泉要拍的并不是这种照片。这两个草原小镇上的姑娘，态度是开放的，但衣着却有些土气，两者之间不是十分协调。但现在，她们去除了所有的包裹与披挂，那在水中兴波作浪的肉体，在阳光下闪耀着鱼一样炫目水光的肉体，美丽得让人难以正视，同时又舍不得不去正视。

　　她们不断入水，不断出水，不断在草地上展开或蜷曲起身体，照相机快门应着我的心跳声嚓嚓作响。

　　我真不能说这时的我没有丝毫的邪念。我感到了强烈的冲动。

两个姑娘肯定觉察到了这种冲动。她们又把身子藏在了水中，嘻嘻地笑着说："你怎么不脱衣裳？"

　　"你怎么不敢脱衣裳？"

　　对于知晓男人秘密的女人又何必遮掩与躲藏？我动手脱衣裳。我这里还没有解开三颗扣子，两个姑娘便尖叫起来，"不准！"脸上同时浮现出受辱的表情。看我面有愠色，她们又对我撩来很多水花，然后靠在岸边抬头努嘴，说："亲一个，来嘛！"

　　"来嘛，亲一个。"

　　我的吻真是带着了激情，可是，两个嘴唇刚碰到一起，女人像被火苗舔着了一样，滑溜溜的身子从我手里滑开了。阿基是这样，益西卓玛也是这样。不过，益西卓玛在我怀里勾留了稍长一点的时间，让我感受了一下她嘴唇与身子的震颤。但最后，她还是学着阿基的样子，火烤了一样尖叫一声，从我手上溜走了。两人蹲在轻浅的温泉中央，脸上一致地做出纯洁而又无辜的表情，眼神里甚至有一丝哀怨。让你为自己男人的欲望产生负罪之感。我无法面对这种境况，背过身子走上温泉旁的小山岗。

我坐在一大块岩石上，一团团沁凉的云影慢慢从头顶飘过，体内的欲望之火慢慢熄灭，代之而起的是淡淡哀伤。我走下山岗时，两个姑娘也穿好衣服了。她们在草地上铺开了一条毡子，上面摆上了啤酒和罐头，还有谁采来一束太阳菊放在中间，配上她们带来的漂亮杯子煞是好看。但那气氛却不够自然。我脸上肯定带着抹也抹不去的该死的人家欠了我什么的表情，弄得两个姑娘一直露着有些讨好的笑容。就在这时，我们听见了汽车的声音，然后看见汽车在草原上拉起的一道黄尘。

很快，贤巴副县长就带着一干人出现在了我的面前。

我发现他脸上的表情有些莫名的峻严。两个姑娘对他露出灿烂笑容，眼里的惊恐之色无法掩藏。

贤巴不理会请他坐下的邀请，围着我们展开在草地上的午餐，围着我们三个人背着手转圈，而跟随而来的乡政府的一干人抱着手站在一边。看着两个姑娘脸上惊恐之色越来越多，我也有种偷了别人什么东西的那种感觉。

　　贤巴终于发话了，他对乡长说："我看你们乡政府的工作有问题，就在机关眼皮底下，老师不上课，供销社关门……"乡长便把凶狠的眼光对准了两个姑娘。

　　两个姑娘赶紧手忙脚乱地收拾摊子，贤巴又对乡长说："是你管理不规范才造成了这种局面。"然后，他走到两个姑娘面前，说，"其实这也没什么，以后好好工作就是了。今天，我放你们的假，我的这位摄影家朋友要照点温泉里的照片，就让他照吧。当然，"他意味深长地笑起来，"我这可能都是多事，可能你们早已经照过了。"

　　两个姑娘赶紧赌咒发誓说没有。没有。

"那等我们走了你们再照吧。下午还有很长时间。"

两个姑娘拼命摇头。

副县长同志很温和地笑了,"其实,照一照也没什么,照片发表了就当是宣传,我们不是正要开发旅游资源吗?可惜我们这里是中国,要是在美国那种国家,你们在温泉里的裸体照片可以做成广告到处发表,作为我们措娜温泉的形象代表。"

两个姑娘在乡长的示意下,十分张皇地离开温泉,连那些吃食都没有收拾就回镇子上去了。

贤巴坐下来,对我举举两个姑娘留下的漂亮酒杯,不客气地吃喝起来。那气派远不是当年跟工作组得到一点好处时那种故意做出来的骄傲了。

我没有与他一起吃喝,而是脱光了衣服下到温泉里。

水温软柔滑,我的身子很快松弛,慢慢躺倒在水里。

在日本上田市一座叫做柏屋别所的温泉山庄，我也这样慢慢躺倒在一个不大的池子里。池子四周是刻意布置的假山石，甚至还有一株枫树站在水边，几枝带嫩叶的树枝虬曲而出，伸展在头上，没有月亮，但隔着窗纸透出的朦胧灯光却有些月光的味道。池子很小，隔着一道严密的篱墙，伴着活泼的撩水声传来女人压低了的笑声。我学着别人把店伙计送来的小毛巾浸热了搭在额头上，然后，每个人面前的水上都漂起一个托盘，里面有鱼生、寿司和这家店特制的小糕点，然后是一壶清酒。清酒度数不高，但有了酒，就有了气氛。隔壁又传来活泼的撩水声，我对陪同横川先生说："隔壁有女人？"

他笑了，啜一口酒，看看那堵墙，说："都是些老年人。"

而这确乎就是川端康成曾经沐浴并写作的温泉中的一个。在温泉山庄的陈列室里，便张挂着他字迹工整的手迹，那是他一本小说的名字：花之圆舞曲。

　　大家想起了黑井谦次先生的话，于是都压低了声音笑起来。

　　当大家再次沉默时，我想起了自己在草原上第一次沐浴温泉时的情景。

　　心里有气的县长大人坐在岸上猛吃海喝，我自己泡在水里，乡政府的人不吃也不洗，他们在费力琢磨县长跟他远道带来的朋友是个什么样的奇怪关系。所以，我从水里伸手要一瓶啤酒的时候，也就要到了啤酒。其实，那只是要借机掩饰心里的不安。后来，温泉水和啤酒的联合作用，很快就让我心情放松下来。我不就是拍了些姑娘裸浴温泉的照片吗？更何况，他们还不能确定我们拍了照片。县长带着些怒气吃喝完了，回过身对我说："泡够了吗？"

　　我穿上衣服，大家便上路了。乡政府的北京吉普紧紧地跟在我们车屁股后面，经过镇子的时候，贤巴对司机说："不停了，回县上去。"

司机一轰油门，性能很好的进口越野车提速很快，我们的车子后面扬起大片的黄尘，把那个镇子掩入了尘土。镇子上有两个姑娘把她们的美丽的身体留在了胶卷里，把她们某种自己也难以理解的渴望留在了我的心上。乡政府的吉普车又在尘土里跟了一段，然后，终于停了下来。

副县长吐了一口气，说："他们肯定是呛得受不了了。"

司机没心没肺地说："也许这样能治好他的气管炎。"

副县长有些恨恨地说："他的管理能力太差了，哼，乡上的干部不上班出去野餐。"

他这些话使我心里的不安完全消失了，"好了，县长大人，我叫了两个姑娘，准备拍几张照片，也不至于把你冒犯成这样。"

他哼了一声。

我的话更恶毒了："你是不是草原上的皇帝，这些姑娘都是你的妃子？"

他说："不管我们怎么努力工作，你们这些臭文人，都来找落后的证据。"

"人在温泉里脱了衣服洗澡就是落后吗？"

"女人洗澡男人都要守在旁边吗？"

我真还无法回答，便转脸去看窗外美丽的草原。眼睛很舒服，耳朵里像飞进了许多牛蝇嗡嗡作响，副县长同志滔滔不绝地讲着一些似是而非的大道理，讲得自己脸上放光。

我说："你再作报告，我要下车了。"

他用怜悯的眼光看着我，说："知道吗，小子，过了这么多年，你的臭毛病一点都没改变。"他叹了口气，"本来，我们要新成立一个旅游局，开发旅游，我把你弄来想让你负点责任，想不到……唉，你就是往宣传栏里贴照片的命。"

"你让我下车。"

"会让你下车的，不过要等回到了县上。不然的话，你回老家又会说，贤巴又让你受了委屈，狠心的贤巴把你扔在草原上了。"沉默了一会儿，他又说，"其实，寨子里那些人懂得什么，他们说什么我才不在乎呢！他们从来不说我好话，我不是好好地活着吗？活得比谁都体面！"

我与贤巴重建童年友谊的努力到此结束。这是令两人都感到十分沮丧的事情。只是，自认是一个施与者的贤巴，沮丧中有更多的恼怒，而我只是对人性感到沮丧而已。

更何况，我并不认为，我没有在别的地方受到人性的特别鼓舞。

第二天早上，我离开了草原，副县长同志没有来送别。车子奔驰在草原上，我的心情又开朗起来。我没有因为与这个县将要产生的旅游局长或副局长的宝座擦肩而过而若有所失。而因为草原美景，因为汽车快速奔驰而带来的快感而高兴起来了。

同时，我心里有些急切，想快点回到单位，紧紧锁起暗房的门，把那些彩色胶卷冲洗出来。事实也是如此，回到州府已经是黄昏时分，这天是周六，很多人在街上散步。我把自己关进暗房，操纵板上灯光闪烁，药水刺鼻的味道使人新鲜，洗印机嗡嗡作响，一张张照片被吐了出来。这下，我才感到了沮丧。两个姑娘远没有当时感觉的那么漂亮。那些诱惑的声与色，那些不可逼视的光与波都消失不见了。照片上的人除了笑容有些生动之外，就是一团团质感不强的肉团而已。

我收拾好东西，走到街上，心里有些茫然若失。夜已经深了，街灯一盏盏亮向远处，使州府上短促的街道有了纵深之感。两家歌厅里传来声嘶力竭的歌唱。街上的槐花还开着，但刚刚开放时那浓烈的香气已经荡然无存了。细细的夜风吹来，很多有些枯萎的花瓣便飘落下来。我躺到床上时，身上的一些花瓣就落在床前。

我躺在床上说："花脸啊，你骗我，温泉没有你说得那么美好。"只是我不清楚这话是清醒时说的还是在梦中说的。

如果是梦，我怎么没有见到贡波斯甲？

如果不是梦，我再怎么伤心也不至于说这没有用处的话。

照片上的女人没有画册上那么漂亮，是因为她们并不上相，加上我的手艺也不及那些大师。温泉不是花脸所讲的温泉，是因为时代变了。这是贤巴副县长说的。

我把那些照片封装在一个大纸袋里，塞在文件柜里边一个抽屉里锁了起来。有关那个遥远温泉的想象与最初的记忆也一起封进了那个纸袋。我给那个抽屉多加了一把锁。

对我来讲比较容易的是，我与童年朋友贤巴的相互遗忘。但是，他好像不愿意轻易被人忘记。这是一个比

较糟糕的情况。第二天上班，同事们便问我，什么时候
离开去高就草原县的旅游局长？馆长还对我说，可以把
小城里的橱窗腾出来，专门作一期某县的旅游景点宣传
专刊。照片就用我这一趟拍回来的东西。

关于这个问题，我不好对馆长多说什么。

馆长说："这是馆里对你高升表示一个意思，你知
道，我们这种单位也就只能做这么大一个人情。"

我告诉馆长，我不会去当什么子虚乌有的旅游
局长。

馆长笑了，拍拍我的肩膀，说："窝在我手下，是
委屈你这个人才了，本来，我准备向组织上反映，我也
不想干了，你来接我这个班，但是，现在，嗨呀，不说
了，不说了，以后你要多关照啊！"

这么一说，我也不敢解释说我不走了。更何况，我
也没有太想当这个馆长。这样过了几个月。大家看我的
神情，便有些惋惜又有些讥讽的味道了。因为某县的机

构调整了，贤巴同志升任县长，县政府果然新设了旅游局。县上发了请帖，派了车来接报社电视台的记者参加旅游局的挂牌仪式，艺术馆因为有两个橱窗，而得到了一张请帖。旅游局长不是我，请帖上自然也不是我的名字。我的一个同事把请帖给我看。上面写着他的名字。

"该你去，你拍得比我好。"我说的是老实话，他的照片确实拍得比我好。

同事看我反应平淡，叹了口气，说："弄不懂你是个什么人。"

我想，我有时也弄不懂自己想要什么。就像我悄悄写下的那些小说那样不可捉摸。之后，馆里的什么好事，比如调一个好单位，干一点有油水的事情，评职称与先进，都没有我的份了。你想，你连旅游局长都不想当，还会对什么事情感兴趣呢。这一切，我的童年朋友贤巴都让我感到他的存在。他告诉我可能当上旅游局长时，这个可能已经不存在了。但他又把这件事情让所有与我相关的人知道。他在地上画了一个饼。他以为这个人在这方面肯定是饥饿的，所以，他画下这个饼，然后用脚擦去，然后才告诉这个人，原来这地上差点长出一个饼，但你无福消受，这个饼又被老天爷拿走了。你看，现在地上什么都没有了。确确实实，地上又是一片被人踩来踩去，踩浮了的泥巴。你还可以画上很多东西，然后，又用脚毫不费力地轻轻擦去，就像这些东西从来就没有存在过一样。

但是，这么复杂的道理，怎么对人讲得清楚呢？于是，我只好假装没有听见。如果有人实在要让我听见，我就看看那个柜子，想想里面那个上了两把锁的抽屉，笑笑，再想想那两个姑娘，我的笑容有些意味深长。

当另一个县发来请帖，邀馆里派人去拍摄他们的温泉山庄开营仪式时，大家都想起来，我有两年没有出过公差了。于是，馆长便把这个好差使给了我。这事是在馆里的全体会上决定，大家鼓掌通过的。下班的路上，馆长跟我走在一起。他说，我去的这个县的县长与我的老乡贤巴，两个人都是风头正健的年轻县长，两个人做什么事情都相互较着劲，馆长说："你那个老乡刚成立了旅游局想开发温泉，这边不声不响，先就把温泉开发出来了。你去，我们给他好好宣传一下。"

馆长这么说，好像我特别想报复贤巴一下，好像我们多出两个橱窗，就可以狠狠报复贤巴一样。但馆长是好心，同事们也都是好心，我无话可讲。

这个温泉隔我的家乡，比草原上那个温泉要近上百公里。只是从来没人说起过这个温泉。

县里派了一个宣传部的干事来接我们这一干不很要紧的人。我问他，什么时候发现的这个温泉？

他说："发现？只是开发罢了，温泉又没藏起来。"

"怎么以前没有听说过。"

他有些不耐烦了，说："现在不就听说了吗？"

车行一百多公里，就是这个县的县城。当夜就住在招待所里。第二天早上起来上路，我们的车便加入到了一个近百辆小车，并有警察开道的车队里。晚上下过雨，已经是九月份了，落在河谷里打湿了河滩上大片卵石的雨在山顶上是雪，高处的雪被阳光照亮，闪烁着耀眼的光芒。车队在这样的风景中缓缓行驶了十多公里。一道青翠的松枝装饰的牌坊出现在眼前。鼓乐齐鸣，穿着民族服装的美丽姑娘手捧酒碗与哈达等在那里。车队停下来。官员们登上了牌坊前铺了红色化纤地毯的讲坛，讲话，又拿起剪子断了拦路的红绸。大家走进牌坊，便进入了一个簇新的温泉山庄，再剪开一个阀门上的红绸，大号碗口那么粗的一股水，便通过一个铁管哗哗地流入温泉山庄中央的游泳池里。水溅在瓷砖铺出的池底上，声音欢快响亮。温泉特有的硫黄味盖过了人们的喧闹，四处弥散开来。一个新的旅游资源的开发大功告成了。我自己的相机，身边的很多相机举起来，快门声响成了一片。噼噼啪啪，就像劈柴垛子从高处垮了下来。

　　餐厅里的欢宴结束后，那池子里的水也注满了。很多人都换上事先准备的游泳衣裤走入了水中。人太多了，所以只有领导被安排到有单独的温泉浴池的客房里休息。我没带游泳衣裤，又没有进单间的资格，便约了几个有类似情况的人顺着引温泉水下山的钢铁管道往山上走去。进入树林后，钢铁管道便潜入了地下，但新填埋的黑土指出了方向。

　　我们在桦树、榉树与松树混生的树林里一路向上，林子里，身前身后不时有几声鸟鸣，脚底下的苔藓潮湿松软。然后，风把硫黄味送进了我们的鼻腔。在一个小山涧里，翻过一株倒在地上正在腐朽的巨大云杉树干，温泉的源头便出现在了我们眼前。

　　从一株红桦树根紧抓着的岩石下，温泉咕咕有声，翻涌而出。然后就在一个混凝土蓄水池中汇聚，经过一个滤水口，进入了碗口粗的铸铁水管，奔往山下了。滤水口的水面上，堆积起来了大堆的落叶，这对本就十分洁净的水又起了一次过滤作用。当然，我们来这里不是来看这个蓄水池的，而是想看看温泉本来的样子。原来温泉水流淌的山涧中，水已经干了，于是，满涧里只剩下了很多长满青苔的累累石头。而在那些石头中间，现在还有几个闪亮的水洼，想来，当温泉水还在涧里自由流淌的时候，那一个个水洼便是可以沐浴身体的地方，虽然，这比草原上的温泉局促了许多，但有几个人躺在里面沐浴身体还是完全可以的。我们在温泉边上坐了一些时候，觉得上山时汗湿的背上有寒意起来，大家站起来，摸摸坐湿了的屁股，再环顾一次四周，便开始迈步下山了。甚至没有人拿出相机来拍一张照片。一条小路很清晰地从泉眼处开始，从比山涧高一点的树林中顺着山涧蜿蜒。我们顺着这条路下山。转过两个山弯，一个小木屋出现在眼前。而且，木屋顶上还冒出袅袅的青烟。走进木屋，火塘上架着的锅里透出阵阵肉香。木屋里有三个人。一个小姑娘正用肉汤喂一个眼睛上搭着一条湿毛巾的老女人，老男人有些木然地对我们笑笑，不停地抽他自己的烟斗。眼睛上搭着毛巾的老女人脸上露出笑容，说："又来人了，也是来治病的吧。"

此行中好像只有我懂得藏话，于是，我说："我们来看看温泉。"

老太太说："这温泉灵啊，多洗几天，我这眼睛就又能看见了。"

她推开嘴边的肉汤，拿掉毛巾坐起身来。露出她眼眶通红，并不停流泪的双眼。她说："女儿，去吧，给新来的人腾些地方，今天晚上我们就有三家人了。"

她女儿告诉她，是一些看风景的干部。老太太有些失望地哦了一声，又倒向地铺，再次把毛巾搭在眼睛上。我们退出木屋，在屋子旁边看见一块岩石，细细的两股温泉便从岩石中央的裂缝里翻涌出来，加上石头上的两个小洼，多少有些像一对泪眼。那个姑娘走出来，用这水洗了毛巾，又用一只铜罐打了水，把毛巾浸在里面，又回木屋里去了。

我算是看到人们是如何用温泉治疗疾病了。

这时，从树丛那边，传来了一个人很难过，也很奋力地呕吐的声音。往前几步，是这温泉的又一个泉眼。一个人正伏在那里呕吐，一个女人，是他的母亲吧，一只手扳着他的肩头，一只手拍打着他的背部。那人吐过了，直起腰来大口喘息着，看到我们，他年轻瘦削的脸上露出了热情的，也是无力的笑容。他说："听说今天山下很热闹？"

我点点头："你这是治什么病？"

"胃里的毛病，"他母亲说，"我儿子没病的时候，一头牛都扛得起来，现在瘦成什么样子了。"

小伙子显得十分虚弱，但他还是说："喝这水洗胃，吐了喝，喝了吐，把肚子里不干净的东西吐光了，胃洗干净了，我的病就好了。"

这时，有一个同伴问了一个很蠢的问题，"为什么不去医院？洗温泉能治病也可以住在山下，你们不知道山下的温泉山庄住得好，吃得也好吗？"

这是一个愚蠢的问题，我感到自己心里蹿起了莫名的怒火，但那个脸色苍白的年轻人仍然笑着，"这里不用花钱啊！"

说完，他又俯身在温泉上开始很艰难地大口大口吞咽硫黄味浓重的温泉水，他呻吟着，吞咽着，我们背过身走下山去，很快，便听到他再次呕吐的声音。我加快步子，把这声音远远地抛在了后面。

因为这个声音，我失去了在丰盛晚宴上的胃口。餐厅里觥筹交错，我不想煞大家的风景，便离席走到外面。温泉山庄门口，立着一个巨大的广告牌，上面列出了这温泉水中所含稀有矿物质的成分，并说这泉水有治疗风湿、皮肤病与美容的功效，我望望正掩入暮色的山林，想起那些在温泉边治病的人们。他们相信温泉无所不能的功效，是因为传说的魔力，而这个广告牌上的文字，是一个权威医疗机构的鉴定结果，是真正的科学，当然，走进这科学的大门，你需要很多的金钱。

作为庆典活动的一个组成部分，晚会开始了。十多个歌舞节目过后，焰火在浓重山影的背景下升起来，带着尖利的啸声，在星空下绚烂地迸散，并掩去了星空。晚会的后半段是交谊舞会，脱去了演出服的漂亮女演员穿梭在一个又一个领导的双臂之间。

我去外面的马路上散步，夜色清凉，永恒的星星又布满了天空，山沉沉睡去，我不知道山上温泉边上的人是否也有山一样踏实的睡眠。

一个地方无论远近，要么你从来不去，一旦去过一次，就好像订立了一个合同，就会不断去与它相会。我与这个温泉也是一样。真的，过去我连听也没有听说过这个温泉的名字。但自打有了第一次的相会，往后的几年里，我总会经过这个地方。不是专门去这个地方，但总是在去一个什么地方时经过这里。有些时候，我们停下来，在附近山崖上飞泻而下的山泉擦洗干净汽车，再在温泉山庄的露天泳池里把自己洗得干干净净。温泉浴让人胃口大开，所以，日益多起来的餐馆的生意看起来都很不错。有些时候，车子就从温泉山庄旁飞驰而过。即便那样，也可以看到，围绕着这个温泉山庄，盖起了一幢又一幢说不上好看，但也说不上难看的小楼，不几年，温泉山庄这里俨然是一个繁华的小镇了。后来，镇子上还建起了一个矿泉水厂，这一路的商店里，都有这个厂的产品出售。

有一天，我坐在车里，与同行的人惊叹这个因旅游而勃兴的小镇的变化时，突然想起了我童年的朋友贤巴。想起了他想开发的那个更加美丽的温泉。那个温泉旁有一座赭红色的岩峰，有宽广的草原，那美丽的景色会使那里的温泉旅游更容易开展。这次，我是跟一个纪录片摄制组一起出行的。我是向导也是顾问，我拿出地图，告诉导演，将增加一段重要的行程。他问我为什么？

我说："一个温泉。"

他看了看我，"温泉？"

我点点头，"温泉。"

导演说："他妈的，温泉。也许你是有道理的吧。"

我笑了。

导演也笑了，说："我觉得你总是有道理的。"

其实，我也早就意识到了这一点。当我意识到这一点的时候，我便拿起了笔，在小说里讲我那些大多数人觉得没有道理的事情。当我写得有些名气的时候，我不用再为那些个橱窗拍摄或张贴照片了。

两天以后，我们因为下雨，滞留在一个县城里。导演因为预算在门口皱着眉头看天，我躺在床上，百无聊赖中拿起了床头上的电话。我要了一个114，查到了草原县政府的电话。

电话打到了县政府办公室。我没有说要找贤巴县长。我只说想打听一下他们那里温泉旅游的情况。

对方有些警惕，"你是干什么的？"

我报了一个旅行社的名字，"听说了贵县草原很漂亮，还有温泉。" 对方松了一口气，告诉了我一个电话号码。

电话通了："你好，某某县旅游局。"

我说，想打听一下贵县的旅游资源的开发情况。

"哪一方面？"

"比如……温泉。"

对方捂住了话筒，过了很久，话筒里才响起了另外一个人的声音，"请问你是想投资吗？"这是贤巴的声音！他的声音有些急切，"我们的措娜温泉是一个很好的投资项目。"

我说："对不起，我只是一个想来旅游的游客。"

他没有听出我的声音，啪一声把电话扣上了。想来这个野心勃勃的家伙的日子不是十分好过。那个成功开发了那个温泉山庄的人，当时是一个副县长，现在也提拔为县长了。最近又出国考察意大利旅游，人们说回来定还要升迁。但贤巴却待在旅游局里等待投资商的电话。好像，他的屁股被粘在县长的椅子上再动不了了。

十天后，我们的汽车爬出最后一道峡谷，开阔的草原展现在眼前。

当天下午，我们就来到了措娜温泉。赭红色的石头山峰耸立在蓝天下面，耸立在宽广美丽的草原中央。但是，当温泉出现在眼前时，我大吃一惊，摄制组的人都大失所望。因为我向他们反复描述，同时也在反复重温的温泉美景已经不复存在了。溪流串联起来的一个个闪闪发光的小湖泊消失了。草地失去了生气，草地中那些长满灰白色与铁红色苔藓的砾石原来都向那些小湖汇聚，现在也失去了依凭。

温泉上，是一些零落的水泥房子。

这些房子盖起来最多五六年时间，但是，墙上的灰皮大块脱落，门前的台阶中长出了荒草，开裂的木门歪歪斜斜，破败得好像荒废了数十年的老房子。随便走进一间屋子，里面的空间都很窄小，靠墙的木头长椅开始腐烂，占去大半个房间的是陷在地下的水泥池子，那些粗糙的池壁也开始脱皮。腐烂，腐烂，一切都在这里腐烂，连空气都带着正在腐烂的味道。水流出破房子，使外面那些揭去了草皮的地方变成了一片陷脚的泥潭。

再往上走，温泉刚露头的那个地方被一道高大的环形墙围了起来。从一道石阶上去，原来泉眼被直接围在了一个露天大泳池中间。泳池四周是环形的体育场看台一样的台阶。同来的摄像失望地放下了扛在肩头的机器，骂了句什么，在水泥台子上坐了下来。

大家都骂了句什么。

我却突然想到了古罗马的浴场。但这里没有漂亮的大理石，没有精美的雕刻。有的只是正在开裂的水泥池面。所以，这个想法让我哑然失笑。不知是笑自己这奇怪想法，还是笑敢于在这样漂亮的风景上草率造成这样建筑的人。笑过之后，我也在水泥台阶上坐了下来。导演递我一支烟，口气却有些愤愤然："你不是说这儿挺美的吗？什么美丽草原上的珍珠串，什么裸浴的漂亮女人，妈的，你看看这都是什么。"他举着一根曲曲弯弯的柳棍，挑起一条被人丢弃的肮脏的破裤子，然后，又走到水边，用棍子去捅沾在池壁上的油垢与毛发。这些东西，在原来的水池里，很快就在草间，在泥石里分解了。那是自然界中丰富的微生物的功劳。但在这样一个水泥建筑里，微生物失去了生存条件，污垢便越积越多了。

　　一个更为奇怪的现象是，这里修起这样一片建筑，却不见一个管理人员来打扫，来维护，只有草率的建筑在浓重的硫黄味中日渐腐朽倾圮。这个世界上，如此速朽的东西是有的，但没想到在这里见到了。

我又想到了当年把这个温泉描绘得有如天堂的贡波斯甲，如果他看到这个景象，那张花脸上会出现什么样的表情呢？不会了。那个时候，他就哀叹过，每一个人都给固定在了一个狭小的地方，失去了四处走动的自由，那个温泉是要让人忘记了。事实也正如他所说的那样。但他肯定想不到，贤巴会成为县长，更想不到县长贤巴想靠温泉挣钱，却把这个温泉给毁掉了。

我们坐在这片基本已被毁弃的建筑旁的草坡上，默然无语。这时，在下面的山脚下，出现了两个行路的人。温泉流过那些破败的房子，又从简易公路下穿过，在沟底的灌木丛中潴积起来，形成了一个小小的湖泊。这两个路人在那里停下来，脱下衣服走进水里洗了起来。我们与之相隔很远，但从姿态上仍可以看出是一个男人和一个女人。大家都掩蔽着自己引颈长望，看得出来是希望水里发生点什么故事。但是故事没有发生。两个人洗了一通，上岸穿好衣服，背上包又迈开草原牧民那种有些罗圈的步子上路了。

我跑到山下，站到那汪水边，用手试试水温，才发现，到这里，水的热度差不多已经散失殆尽了。但是，岸边的草地，一丛丛小叶杜鹃，使这小湖显得那么漂亮。我们在这个湖岸边坐下来，摄像打开了机器。这时，上方的公路上响起汽车的刹车声，然后，大片的尘土从斜坡上漫卷而下。尘土散尽后，一干人站在公路上，叫我们上去说话。

我们上去了。

叫我们说话的人是乡政府的人。他们气势汹汹地盘问我们来此采访得到了谁的批准。我告诉他们我们拍纪录片，不是新闻采访。

他们不认为这两者之间有什么分别。其实，他们就是不同意我们拍这个温泉。

把一个本来美丽的地方变成这个样子确实不是什么光彩的事情。我有些愤怒地告诉他们，我们要拍摄的都是一些美丽的镜头，这样的景象怎么能入我们的镜头？

对方还问："那为什么待在这里，而且一待就是两三个小时？"

我说："我来过这里，这里曾经是一个美丽的地方，在很多人的记忆里，这里都是一个美丽的地方，我待在这里是想不通这个地方怎么被糟蹋成了这个样子。那次还是你们的贤巴县长请我来的。"

他们中的一个人想起了我，"对，对，你跟两个姑娘……对对，哈哈，对对，哈，跟她们两个，好好，请到乡政府去吧，我们通知贤巴县长，也许他会来看你。好像你们是老乡，对吧？"

我们在乡政府安顿下来，还有丰盛的饭菜。但一种戒备的气氛却在四周弥漫。吃饭的时候，我笑着对乡长说："我感觉有被软禁起来的味道。"

乡长笑笑，没有说话。

最后还是我忍不住问他那温泉怎么弄成了这么一副

模样？他想了想，灌下一口酒，"哎，你还是问你的朋友吧。他一会儿就要到了。不过，你最好不要提这档子事，这是他的心病，也不知什么时候能够治好了！"

我们出去散步的时候，乡长又叹口气说："我在这里代人受过，旅游没有搞起来，温泉被毁成那样，老百姓把我骂死了。"

我问他这个项目是不是贤巴主持开发的。

乡长说："那还能是谁？旅游局是他一手组建的。这也是旅游局开张做的第一件事情。"

"那也不该糟蹋成这个样子。"

乡长苦着脸说："反正就成了这个样子，县里花了钱，我们乡里这些年的一点积蓄也全部投进去，结果呢，外地的游客没有来，当地的老百姓也不来了。等到搞成了这个样子，再出去找投资，人家一看那个地方，唉，什么意思都没有了。我亲耳听到一个投资的人说贤巴县长和他的手下人都管不好这样的项目。"

我不想理清这理不清的是非，便向他打听当年那两个姑娘。

乡长说："都不在了，教书的那个，什么都不要跑了，听说去了深圳，在一个民俗村里表演歌舞。供销社那个，辞了职跟一个药材商人做生意去了。"他有些难看地笑了笑，"你看，我们这些地方再不发展，什么人都留不住了。"

我好像不需要到这里来听这样的道理。两个人转到兽医站，两个兽医正在院子里忙活，一个用铁碾子碾药，一个用带压力计的压力锅蒸馏柏树皮。过去曾有一位深谙医道的僧人在这里研制出好几种效力很好的兽用药。我一问，这两个人正在用这位去世高人留下的验方制造兽药。我坐下来，听两个兽医给我说一个个方子中用些什么药草。他们说出一味药来，我立即便想起这些药草开着花结着果的样子来，其中一味药叫龙胆草，就开着蓝色的花朵摇摇晃晃，在我们的身边。正说话时，有人来通报乡长，贤巴县长从县上赶来了。乡长赶紧起身，我觉得自己没有这样的必要，仍然坐在那里与两个兽医交谈。乡长走了。两个兽医却表情漠然。他们搬来自己整理出的一部药典。药典用的全是寺院抄写经文所用的又厚又韧的手工纸，每一个药方中，都夹进了所有药草的标本。他们说，这是那个老僧人留下来的。老僧人的遗愿之一，就是建一个现代化的兽药工厂。但是，县里没有人过问这样的事情，只有商人愿意出一笔巨资来买走这本药典。我翻看那部药典，里面夹着的一株株标本，散发出植物的清香。

就在这时，院子外面响起了一个人响亮的笑声。这笑声有点先声夺人的效果，如果是在戏剧舞台上，那就表示一个重要人物要出场了。果然，披着呢子大衣的贤巴县长宽大的身子出现在兽医站窄小的院门口，他的身子差不多把整个院门都塞满了。他站在那里，继续笑着，我们有些默然也有些漠然地看着他好一阵子，他才走进院子里来，跟两个站起来的兽医握手，说："辛苦了，辛苦了。"

两个兽医握了手，站在那里无所适从，恰好压力锅内压力达到预设高度，像汽笛一样嘶叫起来。两个兽医趁机走开，忙活自己的事情去了。贤巴紧拉住我的手，"怎么，来了这里也不向老乡报个到，怕我不管饭吗？"

他这么做有些出乎我的意料。本来，我以为他会为了把温泉糟蹋成这个样子而有些惭愧，但他没有。那个刚才还牢骚满腹的乡长又满脸堆笑跟在他后面，贤巴不等我说话，便转过身去问乡长："你没有慢待我的朋友吧？"

乡长说："都安排了，安排了。"

"你的乡长很尽职，他们把温泉看得严严实实的，根本不让人接近。"

贤巴拍拍我的肩，"我的好老乡，你不知道管一个县有多难，温泉开发在经济上交了一点学费，但是，我常常说，作为一级政府，为官一方，我们不能把眼光只放在这么一个小的问题上。"他耸耸肩膀，往下滑落的大衣又好好地披在了身上，他再开口，便完全是开会作报告的腔调了。他说："你看到没有，我们因陋就简盖起来的温泉浴室，虽然经济回报没有达到预期，但是，这种男女分隔的办法，改变了落后的习惯，所以，我们应该看到移风易俗的巨大作用。我们很多同志只把眼光放在经济效益上，而看不到这种改变落后习俗的方式，对于精神文明建设的作用。而且，如果用长远的眼光看问题，改变落后的生活方式，也是改变投资的软环境，投资终究会搞起来的。"

我本来是想劝劝他，为了温泉，或者为了少年时代我们对这个温泉共同的美好想象，可他把话作报告一样说到这个份儿上，我的嘴也就懒得张开了。我不是官员，但按流行的话来说，我一直生活在体制内，遇到像这样夸夸其谈、谎话连篇的大小官员是很寻常的事情，并不应该感到大惊小怪。也许是因为这个温泉，也许是因为我们共同的少年时代，我才希望他至少有一点痛悔的表示。

也许这些自欺欺人的谎话也是刚刚涌到他嘴边，于是，他有些晦暗的脸上泛起了光芒，他撇开我，把身子转向乡里的干部。他的眼睛闪烁着激越的光彩，声调却痛心疾首，"是的，温泉开发不是十分成功，遇到了一些问题，资金的问题，改变农牧民落后的风俗的问题，可是，这些都不是最主要的问题，最大的问题是保守。改革开放这么多年，温泉躺在这里这么多年了，没有人想过要做点什么，也没有人说过什么。我做了，调查的人来了，风言风语也跟着来了，县长选举时也不投我的票了，可就是没有人想一想它正面的意义！"

到底是做了这么些年的官员，我看他一番话说得下面这些人都有些激动了。也就是从今天开始，这个因温泉而失意的官员，要把自己打扮成一个改革先驱、一个勇探雷区的牺牲者了。

　　我不想听这种振振有词的混账话，我来这里，是为了构成我少年时代自由与浪漫图景的遥远的温泉。穿过很多时间，穿过很宽阔的空间，我来到了这里。来寻找想象中天国般的美景。结果，这个温泉被同样无数次憧憬与想象过措娜温泉美景的家伙的野心给毁掉了。

　　他用野蛮的水泥块，用腐朽的木头，把这一切都给毁掉了。

　　我离开了那群官员，也离开了我的同伴，把车开到那赭红色岩石的孤山下，又一次去看那眼温泉。太阳正在落山，气温急剧变化使一些小旋风陡然而起，把土路上的尘土卷起来，投入到早已面目全非、了无生气的温泉之上。

　　如果花脸贡波斯甲活到今天，看到温泉今天的样子，看到当年的放羊娃贤巴今天的样子，他会万分惊奇。他会想不明白，一个人怎么如此轻易地就失去了对美好事物的想象。任何一个有点正常想象力的人，怎么会在一个曾经十分喧闹，也曾经十分落寞的美丽的温泉上堆砌这么多野蛮的水泥，并用那些涂着艳丽油漆的腐朽的木头使晶莹的温泉腐朽。我用常识告诉自己，这水不会腐朽，或者说，当这一切腐朽的东西都因腐朽而从这个世界消失了踪迹时，水又会咕咕地带着来自地下的热力翻涌而出。但是，那样一个漫长的过程，不再属于我们这些总是试图在这个世界上留下些什么痕迹的短促生命。

在故乡的热泉边上，花脸贡波斯甲给了我们一种美好的向往，对一种风景的向往，对一种业已消逝的生活方式的浪漫想象。那时候，我们不能随意在大地上行走，所以，那种想象是对行走的渴望。当我们可以自由行走时，这也变成了一种对过去时代的诗意想象。

也许，像贤巴这样的人，最早看穿了这些想象的虚妄，于是，他便来亲手摧毁了产生这一切想象的源泉。

　　我坐下来，望着眼前颓败的风景，恍然看见家乡热泉边的开花的野樱桃，看到了花脸贡波斯甲，而我不再是一个孩子了，我是一个曾经与他浪游四方的风流汉子，他临死的时候曾经嘱托我告诉他温泉今天的消息。于是，我听见自己说："伙计，什么都没有了，我们的儿子把它毁掉了。"

　　他不问我为什么。我知道他有些难过。

　　但他没有血肉的头颅闭不上双眼，于是，他的难过更加厉害了。我感到天都跟着暗了一下。结果，那个我亲手放上树去的头颅便从树上跌落下来。那头骨早已在风中朽蚀多年了，跌到地上，连点响声都没有便成为了粉末，然后，一缕叹息一样的青烟升起来，又像一声叹息一样消散了。

我只感到世界扑面而来

这次受《当代作家评论》杂志林建法先生的邀请，来渤海大学参加交流活动，他预先布置任务，一个是要与何言宏先生做一个对话，一个是要我准备一个单独的讲演，无论是何言宏预先传给我的对话要点，还是林建法的意思，都是要我侧重谈谈民族文学与世界文学，或者说是民族性与世界性之关系这样一个话题。这是文学艺术界经常谈及的话题，同时也是一个越谈越歧见百出、难以定论的话题。

　　去年十月到十一月间，有机会去墨西哥、巴西、阿根廷做了一次不太长的旅行。我要说这是一次很有意思的旅行，一方面是与过去只在文字中神会过的地理与人文遭逢，一方面，也是对自己初上文学之路时最初旅程的一次回顾。在这次旅行中，我携带的机上读物，都是八十年代阅读过的拉美作家的作品。同行的人，除了作家，还有导演、演员、造型艺术家，长途飞行中，大家也传看这几本书，并在不同的国度，不同的地理环境中交换对于这些书的看法，至少都认为，这样的书，对于直接体会拉丁美洲的文化特质与精神气韵，是最便捷、最有力的入门书。我说的是同行者的印象，而对我来说，意义显然远不止于此。我是在胡安·鲁尔弗的高原上行走，我是在若热·亚马多的丛林中行走，我是在博尔赫斯的复杂街巷中行走！穿行在如此广阔的大地之上，我所穿越的现实是双重的，一个实际的情形在眼前展开，一个由那些作家的文字所塑造。我没有机会去寻访印加文化的旧址，但在玛雅文化的那些辉煌的废墟之上，我想，会不会在拐过某一座金字塔和仙人掌交织的阴影下与巴勃罗·聂鲁达猝然相逢。其实也就是与自己文学的青春时代猝然相逢。

所以提起一段本该自己不断深味的旅行，是因为在那样的旅途上自己确实想了很多。而所思所想，大多与林建法给我指定的有关民族与世界的题目有着相当关系。在我来说，在拉美大地上重温拉美文学，就是重温自己的八十年代。那时，一直被禁闭的精神之门訇然开启，不是我们走向世界，而是世界向着我们扑面而来。外部世界精神领域中那些伟大而又新奇的成果像汹涌的浪头，像汹涌的光向着我们迎面扑来，使我们热情激荡，又使我们头晕目眩。

　　林建法的命题作业正好与上述感触重合纠缠在一起，所以我索性就从拉美文学说起，其间想必会有一些与民族性与世界性这个话题相关的地方。

　　所谓民族性与世界性，在我看来，在中国文学界，是一个颇让人感到困扰，却又长谈不已的话题。从我刚刚踏上文坛开始，就有很多人围绕着这个话题发表了很多的看法，直到今天，如果我们愿意平心静气地把这些议论做一个冷静客观的估量，结果可能令人失望：那就是说，迄今为止，与二十多年前刚开始讨论这些问题时相比，在认知的广度与深度上并未有多大的进展。而且，与那时相比较，今天，我们的很多议论可能是为了议论而议论，是思维与言说的惯性使然，而缺乏当年讨论这些话题时的紧迫与真诚。一些基本原理已经被强调了一遍又一遍，可是具体到小说领域，民族化与世界性这样的决定性因素在每一个作家身上，在每一部成功抑或失败的作品中究竟起到怎样的作用，尤其是如何起到作用，还是缺少有说服力的探讨。

这个题目很大，如果正面突破，我思辨能力的贫弱马上就会暴露无遗。那么，作为一个有些写作经验的写作者，结合自己的创作实践，结合自己的作品，来谈一谈自己在创作道路上如何遭逢到这些巨大的命题，它们怎么样在给我启示的同时，也给我更多的困扰，同时，在排除了部分困扰的过程中，又得到怎样的经验，把这个过程贡献出来，也许真会是个值得探求一番的个案。

谈到这里，我就想起了萨义德的一段话："所有文化都能延伸出关于自己和他人的辩证关系，主语'我'是本土的，真实的，熟悉的，而宾语'它'或'你'则是外来的或许危险的，不同的，陌生的。"

以我的理解，萨义德这段话，正好关涉到了所谓民族与世界这样一个看似寻常，但其中却暗含了许多陷阱的话题。"我"是民族的，内部的，"它"或"你"是外部的，也就是世界的。如果"它"和"你"，不是全部的外部世界，那也是外部世界的一个部分，"我"通过"它"和"你"，揣度"它"和"你"，最后的目的是要达到整个世界。这是一个作家的野心，也是任何一个文化在当今世界的生存、发展，甚至是消亡之道。

就我自己来说，从上个世纪八十年代开始写作，那时正是汉语小说的写作掀起了文化寻根热潮的时期。作为一个初试啼声的文学青年，行步未稳之时，很容易就被裹挟到这样一个潮流中去了。尤其是考虑到我的藏族身份，考虑到我依存着那样一种到目前为止还被大多数人看得相当神秘奇特的西藏文化背景，很容易为自己加入这样的文化大合唱找到合乎情理的依据。首先是正在学习的历史帮助了我。有些时候，历史的教训往往比文学的告诉更为有力而直接。历史告诉了我什么呢？历史告诉我说，如果我们刚刚走出了意识形态决定论的阴影，又立即相信文化是一种无往不胜的利器，相信咒语一样相信"越是民族的就越是世界的"这样的斩钉截铁的话，那我们可能还是没有摆脱把文学看成一种工具的旧思维。历史还告诉我们，文学，从其产生的第一天起，就作用于我们的灵魂与情感，无论古今中外，都自有其独立的价值。它是文化的一个重要的组成部分，它可以丰富一种文化，但绝对不是用于展示某种文化的一个工具。

　　文学所起的功用不是阐释一种文化，而是帮助建设与丰富一种文化。

正因为如此，我刚开始写作就有些裹足不前，看到了可能不该怎么做，但又不知道应该怎么做。刚刚上路，就在岔路口徘徊，选不到一个让人感到信心的前行方向。你从理性上有一个基本判断，再到把这些认识融入到具体的写作实践中还是一个非常艰难的过程。具体说来就是，这样的认识只是否定了什么，那么你又相信什么？又如何把你所相信的观念形态的东西融入具体的文本？从八十年代中到九十年代初，应该说，我就这样左右彷徨徘徊了差不多十年时间。最后，是大量的阅读帮助我解决了问题。

先说我的困境是什么。我的困境就是用汉语来写汉语尚未获得经验来表达的青藏高原的藏人的生活。汉语写过异域生活，比如唐诗里的边塞诗，"西出阳关无故人"，以为就是离开汉语覆盖的文化区，进入异族地带了。但是，在高适、王昌龄们的笔下，另外那个陌生的文化并没有出现，那个疆域只是供他们抒发带着苍凉意味的英雄情怀，还是征服者的立场，原住民没有出现。王国维在《人间词话》中说过："纳兰容若以自然之眼观物，以自然之舌言情。此由初原，未染汉人风气，故能真切如此。北宋以来，一人而已。"我依此指引，读过很多纳兰容若，却感觉并不解决问题，因为所谓"未染汉人风气"，也是从局部的审美而言，大的思想文化背景，纳兰容若还是很彻底地被当时的汉语和汉语背后的文化"化"过来了的。

差不多相同意味的，我可以举元代萨都剌的一首诗："祭天马酒洒平野，沙际风来草亦香。白马如云向西北，紫驼银瓮赐诸王。"

"白马如云向西北""沙际风来草亦香"，与边塞诗相比，这北地荒漠中的歌唱，除了一样的雄浑壮阔，自有非汉文化观察感受同一自然界的洒脱与欢快。这自然是非汉语作家对于丰富汉语审美经验的贡献。但也只是限于一种个人经验的抒发，并未上升到文化的高度。而且，这样的作品在整个浩如烟海的中国文学中并不多见。

更明确地说，这样零星的经验并不足以让我这样的非汉语作家在汉语写作中建立起足以支持漫长写作生涯的充分自信。

好在我们已经生活在一个与纳兰容若和萨都剌们完全不同的时代，其中最大的不同，就是我们有条件通过汉语沟通整个世界。这其中自然包括了遥远的美洲大陆——讲拉丁语的美洲大陆，也包括讲英语的美洲大陆。

在这个时期，美洲大陆两个伟大的诗人成为我文学上的导师：西班牙语的聂鲁达和英语的惠特曼。

不是因为我们握有民族文化的资源就自动地走向了世界，而是我们打开国门，打开心门，让世界向我们走来。

　　当世界扑面而来，才发现外面的世界不是一个简单的板块，而是很绚丽复杂的拼盘。我的发现就是这个文学的版图中，好些不同的世界也曾像我的世界一样喑哑无声，但是，他们终于向着整个世界发出了自己洪亮的声音。聂鲁达们操着西班牙语，而这种语言是几百年前他们的祖先从另一个大陆带过来的。但是，他们在美洲已经很多很多年了，即便是从血统上讲，他们也不再全部来自欧洲。拉美还有大量的土著印第安人以及来自非洲的黑人。在几百年的时间里，不同肤色的血统与文化都在彼此交融，从而产生出新的人群与新的文化。但在文学上，他们还模仿着欧洲老家的方式与腔调，从而造成了文学表达与现实、与心灵的严重脱节。拉丁美洲越来越急切地要用自己的方式表达自己，并向世界发言。告诉世界，自己也是这个世界中一个庄严的成员。如今我们所知道的那些造成了拉美文学"爆炸"的作家群中的好些人，比如卡彭铁尔，亲身参与了彼时风靡欧洲大陆的超现实主义文学运动，还能够身在巴黎直接用法语像艾吕雅们一样娴熟地写作。但就是这个卡彭铁尔，在很多年后回顾这个过程时，这样表达为什么他们重新回到拉美，并从此开始重新出发：拉丁美洲作家，"他本人只能在本大陆印第安编年史家这个位置上找到自己存在的理由：为本大陆的现在和过去而工作，同时展示与全世界的关系"。他们大多不是印第安人，但认同拉丁美洲的历史有欧洲文化之外的另一个源头。

这句话还有一个意思，我本人也是非常认同的，那就是认为作家表达一种文化，不是为了向世界展览某种文化元素，不是急于向世界呈现某种人无我有的独特性，而是探究这个文化"与全世界的关系"，以使世界的文化图像更臻完整。用聂鲁达的诗句来说，世界失去这样的表达，"就是熄灭大地上的一盏灯"。

的确，卡彭铁尔不是一个孤证，聂鲁达就在他的伟大诗歌《亚美利加的爱》里直接宣称，他要歌唱的是

"我的没有名字不叫亚美利加的大地"。如果我的理解
没有太大的偏差，那么他要说的就是要直接呈现那个没
有被欧洲语言完全覆盖的美洲。在这首长诗的一开始，
他就直接宣称：

　　我来到这里，是为了歌唱历史

　　从野牛的宁静，直到

　　大地尽头被冲击的沙滩

　　在南极光下聚集的泡沫里

　　从委内瑞拉阴凉安详的峭壁洞窟

　　我寻找你，我的父亲

　　混沌的青铜的年轻武士

　　接下来，他干脆直接宣称："我，泥土的印加的后
裔！"而他寻找的那个"混沌的青铜的年轻武士"，不是
堂吉诃德那样的骑士，而是一个相貌堂堂的古代印加

勇士。

我很为自己庆幸，刚刚走上文学道路不久，并没有迷茫徘徊多久，就遭逢了这样伟大的诗人，我更庆幸自己没有曲解他们的意思，更没有只从他们的伟大的作品中取来一些炫技性的技法来障人眼目。我找到他们，是知道了自己将从什么样的地方，以什么样的方式重新上路出发，破除了搜罗奇风异俗就是发挥民族性、把独特性直接等同于世界性的沉重迷思。

从此我知道，一个作家应该尽量用整个世界已经结晶出来的文化思想成果尽量地装备自己。哲学、历史学、地理学、人类学……不是把这些二手知识匆忙地塞入作品，而是用由此获得的全新眼光，来观察在自己身边因为失语而日渐沉沦的历史与人生。很多的人生，没有被表现不是没有表现的价值，而是没有找到表现的方法。很多现实没有得到观察，是因为缺乏思想资源而无从观察。

也许无论是地理还是文化都丰富多彩的拉丁美洲就具有这样的魅力，连写出了宏大严谨的理论巨著《文化人类学》的人类学家列维－斯特劳斯，当他把考察笔触伸向这片大陆的时候，也采用了非常文学化的结构与笔触，写下了《忧郁的热带》这样感性而不乏深邃考察的笔记。

所以，我准备写作自己的第一部长篇小说《尘埃落定》的时候，就从马尔克斯、阿斯图里亚斯们学到了一个非常宝贵的东西。不是模仿《百年孤独》和《总统先生》那些喧闹奇异的文体，而是研究他们为什么会写出这样的作品。我自己得出的感受就是一方面不拒绝世界上最新文学思潮的洗礼，另一方面却深深地潜入民间，把藏族民间依然生动、依然流传不已的口传文学的因素融入小说世界的构建与营造。在我的故乡，人们要传承需要传承的记忆，大多时候不是通过书写，而是通过讲述。在高大坚固的家屋里，在火塘旁，老一代人向这个家族的新一代传递着这些故事。每一个人都在传递，更重要的是，口头传说一个最重要的特性就是，每一个人在传递这个文本的时候，都会进行一些有意无意的加工。增加一个细节，修改一句对话，特别是其中一些近乎奇迹的东西，被不断地放大。最后，现实的面目一点点模糊，奇迹的成分一点点增多，故事本身一天比一天具有了更多的浪漫、更强的美感，更加具有震撼人心的情感力量。于是，历史变成了传奇。

是的，民间传说总是更多诉诸情感而不是理性。有了这些传说作为依托，我来讲述末世土司故事的时候，就不再刻意去区分哪些是曾经真实的历史，哪些地方留下了超越现实的传奇飘逸的影子。在我的小说中，只有不可能的情感，而没有不可能的事情。于是，我在写作这个故事的时候，便获得了空前的自由。我知道，很多作家同行会因为所谓的"真实"这个文学命题的不断困扰，而在写作过程中感到举足维艰，感到想象力的束缚。我也曾经受到过同样的困扰,是民间传说那种在现实世界与幻想世界之间自由穿越的方式,给了我启发,给了我自由,给了我无限的表达空间。

这就是拉美文学给我最深刻的启发。不是对某一部作品的简单的模仿,而是对他们创作之路深刻体会后找到了自己的道路。

二十多岁的时候,我常常背着聂鲁达的诗集,在我故乡四周数万平方公里的土地上四处漫游。走过那些高山大川、村庄、城镇、人群、果园,包括那些已经被丛林吞噬的人类生存过的遗迹。各种感受绵密而结实,更在草原与群山间的村落中,聆听到很多本土的口传文学,那村庄史、部落史、民族史,也有很多英雄人物的历史。而拉美的爆炸文学中一些代表性的作家,比如阿斯图里亚斯、马尔克斯、卡彭铁尔等作家的成功最重要的一个实践,就是把风行世界的超现实主义文学的东西与拉丁美洲的印第安土著的口传神话传统嫁接到了一起，从而创造出一种全新的只能属于西班牙语美洲的文学语言系统。卡彭铁尔给这种语言系统一个命名是"巴罗克语言"。他说："这是拉丁美洲人的敏感之所在。"是不是为了标新立异才需要这样一种语言？不是，他说，"为了认识和表现这个新世界，人们需要新的词汇，而一种新的词汇将意味着一种新的观念。"

这句话有一个重点，首先是认识，然后才是表见，然后才谈得上是表现，但我们今天，常常在未有认识之前，就急于表现。为了表现而表见，为了独特而表现。为什么要独特？因为需要另外世界的承认与发现。

在我看来，一个小说家在写作过程中，感受更多的还是形式的问题：语言、节奏、结构。任何一个环节处理不好，都会让你失掉一部真正的小说。一个好的小说家，就是在碰到可能写出一部好小说的素材的时候，没有错过这样的机会。要想不错过这样的机会，光有写好小说的雄心壮志是不够的，光有某些方面的天赋也是不够的。这时，就有新的问题产生出来了：什么样的形式是好的形式？好的形式除了很好表达内容之外，会不会对内容产生提升的作用？好的形式从哪里来？这些都是小说家应该花大量的时间——在写作中，在阅读中——去尝试，去思考的问题。

我从二〇〇五年开始写作六卷本的长篇《空山》，直到今年春节前，才终于完成了第六卷的写作。这是一次非常费力的远征。这是一次自我设置了相当难度的写作。我所要写这个机村的故事，是有一定独特性的，那就是它描述了一种文化在半个世纪中的衰落，同时，我也希望它是具有普遍性的，因为这个村庄首先是一个中国的农耕的村庄，然后才是一个藏族人的村庄，和中国很多很多的农耕的村庄一模一样。这些本来自给自足的村庄从五十年代起就经受了各种政治运动的激荡，一种生产组织方式、一种社会刚刚建立，人们甚至还来不及适应这种方式，一种新的方式又在强行推行了。经过这些不间断的运动，旧有秩序、伦理、生产组织方式都受到了毁灭性的打击。维系社会的旧道德被摧毁，而新的道德并未像新制度的推行者想象的那样建立起来。我正在写作《空山》第三卷的时候，曾得到一个机会去美国做一个较长时期的考察，我和翻译开着车在美国中西部的农业区走过了好些地方。那里的乡村的确安详而又富足，就是在那样的地方，我常常想起司坦贝克的巨著《愤怒的葡萄》。那些美国乡镇给人的感觉绝不只是物质的富足，那些乡镇里的人们看上去，比在纽约和芝加哥街头那些匆匆奔忙的人更显得自尊与安闲。但在司坦贝克描述的那个时期，这些地区确实也曾被人祸与天灾所摧残，但无论世事如何艰难，命运如何悲惨，他们最后的道德防线没有失守，当制度的错误得到纠正，当上天不再频仍地降下灾难，大地很快就恢复了生机，才以这样一种平和富足的面貌呈现在一个旅人眼前。

但这不是我的国度、我的家园。

八十年代，我们的乡村似乎恢复了一些生气，生产秩序暂时恢复到过去的状态，但人心却回不去了。而且，因为制度安排的缺陷，刚刚恢复生机的乡村又被由城市主导的现代经济冲击得七零八落。乡村已经不可能回到自给自足的时代了，但在参与到更大的经济循环中去的时候，乡村的利益却完全被忘记。于是，乡村在整整半个世纪中失去了机会。而这五十年恰恰是世界经济发展最快的五十年，也是经济发展令数以亿计的人们物质与文化生活都得到最快提升的五十年。所以，我写的是一个村庄，但不止是一个村庄。写的是一个藏族的村庄，但绝不只是为了某种独特性，为了可以挖掘也可以生造的文化符号使小说显得光怪陆离而来写这个异族的村庄。再说一次，我所写的是一个中国的村庄。在故事里，这个村庄最终已然消亡。它会有机会再生吗？也许。我不忍心抹杀了最后希望的亮光。

那么，这个故事是民族的还是世界的？这本书的内容，是独特的还是普遍的？在整个写作过程中，我最大的努力就是不让这样的问题来困扰我。

那时，我就想起年轻时就给我和聂鲁达一样巨大影响的惠特曼。他用旧大陆的英语，首先全面地表现了新大陆生机勃勃的气象。在某些时候，他比聂鲁达更舒展，更宽广。那时我时常温习他的诗句："大地和人的粗糙所包含的意义和大地和人的精微所包含的一样多／除了个人品质什么都不能持久！"

他还常常发出欢呼："形象出现了！／任何使用斧头的形象，使用者的形象，和一切邻近于他们的人的形象。／形象出现了！／出入频繁的门户的形象。／好消息与坏消息进进出出的门户的形象！"

这也是我对文艺之神的最多的企求：让我脑海中出现形象，人的形象，命运事先就在他们脸庞与腰身上打下了烙印的乡村同胞的形象；生命刚刚展开，就显得异常艰难的形象；曾经抗争过命运，最后却不得不逆来顺受者的形象。与惠特曼不同的是，我无从发出那样的欢呼，我只是为了不要轻易遗忘而默默书写，也是为了对未来抱有不灭的希望。

正是从惠特曼开始，我开始进入英语北美的文学世界，相比南方的拉美作家，应该说，更大群、更多样化的美国作家的作品，特别是美国犹太作家和黑人作家给了我更持久的影响与启发。

写作《尘埃落定》的时候，我吃惊小说怎么这么快速地完成了。而在写作《空山》这部小说的时候，我却一直盼望着它早一点结束。现在，它终于完成了，我终于把过于沉重的担子从肩上卸下来，心中却不免有些茫然。很久，我都不让这部小说出现在我的脑海中。直到要来参加这次活动，觉得该谈一谈它，才让它重新进入我的意识中间。如果需要回应一下开始时的话题，也就是说，这部小说是民族的还是世界的？或者因为它是民族的，因此自动就是世界的？我想，有些小说非常适合作这样的文本分析。但我会更高兴地看到,《空山》不会那么容易地被人装入这样的理论筐子里边,不是被捡入山药的筐子,就是被装到西红柿的筐子,我想有些骄傲地说,可能不大容易。直到现在,我还是只感到人物命运的起伏——那也是小说叙事的内在节律,我感到人物的形象逐一呈现——这也关乎小说的结构,然后,是那个村庄的形象最初的显现与最后的消失。民族、世界这些概念,我在写作时已经全然忘记,现在也不想用这些彼此相斥又相吸,像把玩着一对电磁体正负极不同接触方式一样把玩着这样的概念,我只想让自己被命运之感所充满。

需要申明一点,小说名叫《空山》与王维那两句闲适的著名诗句没有任何关联,如果说,这本书与拉美文学还有什么联系,那就是写作过程中,我常常想起一本拉美人写的政论性著作《拉丁美洲被切开的血管》,因为我们的报章上还开始披露,这本书所写的那个五十年，中国的乡村如何向城市，中国的农业如何向工业——输血。是的，就是这个医学词汇，同样由外国人拥有发明权。

最后，我想照应一下演讲的题目，那是半句话。全句话是：我只是打开了心门，我没有走向世界，而是整个世界向我扑面而来！